给孩子的经典寓言

# 中国寓言故事

ZHONGGUO YUYAN GUSHI

彩图版

王轶美 / 主编
豆豆龙 / 绘

华东师范大学出版社
·上海·

图书在版编目（CIP）数据

中国寓言故事：彩图版 / 王轶美主编；豆豆龙绘．
-- 上海：华东师范大学出版社，2022
 ISBN 978-7-5760-3095-2

Ⅰ．①中… Ⅱ．①王… ②豆… Ⅲ．①寓言－作品集
－中国 Ⅳ．① I277.4

中国版本图书馆 CIP 数据核字 (2022) 第 139088 号

## 中国寓言故事：彩图版
ZHONGGUO YUYAN GUSHI

主编 / 王轶美
绘 / 豆豆龙
文字作者 / 王璐　陈婵娟　钱梦蝶　凌励　潘娜　海风秋　杨晴越
责任编辑 / 吴余
项目编辑 / 南艳丹
责任校对 / 时东明
项目统筹 / 王辰林　吴佳雨
装帧设计 / 陈晓洁
插图作者 / 邢文博　陈斌　徐睿

出版发行 / 华东师范大学出版社
社址 / 上海市中山北路3663号　　邮编 / 200062
网址 / www.ecnupress.com.cn
电话 / 021-60821666　　行政传真 / 021-62572105
客服电话 / 021-62865537
门市（邮购）电话 / 021-62869887
地址 / 上海市中山北路3663号华东师范大学校内先锋路口
网店 / http://hdsdcbs.tmall.com

印刷者 / 湖北金港彩印有限公司
开本 / 787×1092　16开
印张 / 13.5
版次 / 2022年12月第1版
印次 / 2022年12月第1次
书号 / ISBN 978-7-5760-3095-2
定价 / 98.00元

出版人 / 王焰

（如发现本版图书有印订质量问题，请寄回本社客服中心调换或电话021-62865537联系）

寓言是很具有智慧的文体,它通过生动有趣的叙述来表现生活哲理。

中国和古希腊都是寓言文学的发祥地。

中国古代寓言故事往往一想起来就令人发笑,一笑起来又令人深思,其警示和讽刺作用极具中国式幽默和智慧。它是中国传统文化和民族智慧的重要组成部分,可以说,不了解中国的寓言,就不能完整地认识中国文学,也就不能完整地认识中国过往的灿烂文化。中国古代寓言往往情节设计简练,人物形象模糊,存在较强的概念化倾向。比如《滥竽充数》中的南郭先生,《掩耳盗铃》中的盗者,《刻舟求剑》中的楚人,他们都是某类人的代名词。这样的表达方式,再加上原文是古汉语,对于儿童来说,有一定的理解困难。

翻译改编是一种再创造,需要结合当下儿童的身心特点和审美需求来对原文进行转换。"给孩子的经典寓言"中的《中国寓言故事》在翻译改编中国传统寓言故事的基础上,做了有益的尝试:顺应孩子的天性,将原文简略的故事情节进行艺术加工,不是简单地阐明寓意,而是使故事情节更生动曲折,人物形象更鲜明有趣,寓意表达也更明确直接,因此更易为儿童所接受。

《伊索寓言》则开创了西方寓言的先河,标志着西方寓言文学的繁荣与成熟。《伊索寓言》特别注重故事情节和矛盾冲突的营造,善于通过简短、生动、有趣的故事来揭示日常生活中常常被忽视的真理,于诙

谐有趣中揭示真善美和假丑恶。但它其实不是专门为儿童创作的儿童文学作品，加上原文是外语，也需要翻译来适应儿童的审美趣味。

"给孩子的经典寓言"选编了《伊索寓言》中在全世界流传广泛并且适合儿童阅读的经典篇目。著名儿童文学研究专家和作家韦苇先生作为既懂儿童，又懂儿童文学的专家，其高超的翻译艺术使《伊索寓言》的故事情节和人物性格都特别出彩，寓意的揭示自然而幽默，语言表达更符合儿童的审美习惯。经典的篇目，加上韦苇先生匠心独运的翻译，使这本寓言故事集锦上添花。

总之，"给孩子的经典寓言"在选编中国古代寓言和《伊索寓言》时，利用"翻译"手段尽量"抹平"了古今和中西文化的差异，呈现出适合儿童阅读欣赏的整体风格。这次，华东师范大学出版社隆重推出的两本经典寓言故事，为推进寓言文学的发展做出了不俗的贡献，相信肯定会受到广大读者，尤其是小读者的欢迎和赞赏！

中国寓言文学研究会原会长凡夫先生把寓言比作文学大花园里的蒲公英："它不声不响出现在田边、地角、荒坡、野沟，为大地增添那么一点点绿，一点点黄……快快乐乐地生存着，生长着，绽开着，飘飞着。"

愿一代代蒲公英的种子张开"绒毛小阳伞"，踩着秋风的旋律轻舞飞扬，飞向生机盎然的绿洲，飞向充满希望的田野。

著名寓言作家、中国寓言文学研究会副会长

# 目录

- 揠苗助长 001
- 五十步笑百步 002
- 月攘一鸡 004
- 弈秋诲弈 006
- 楚人学齐语 008
- 以羊易牛 010
- 井底之蛙 012
- 鲁侯养鸟 014
- 螳臂当车 016
- 东施效颦 018
- 涸辙之鲋 020
- 鲁国少儒 022
- 丈人承蜩 024
- 唇亡齿寒 026
- 曲高和寡 028
- 滥竽充数 030
- 买椟还珠 032
- 郑人买履 034
- 自相矛盾 036
- 守株待兔 038
- 心不在马 040
- 涸泽之蛇 042
- 不识车轭 044
- 二人相马 046

|  |  |
|---|---|
| 智子疑邻 | 048 |
| 曾子杀猪 | 050 |
| 棘刺母猴 | 052 |
| 画鬼最易 | 055 |
| 狗猛酒酸 | 056 |
| 目不见睫 | 058 |
| 刻舟求剑 | 060 |
| 穿井得一人 | 062 |
| 掩耳盗铃 | 064 |
| 疑邻窃斧 | 066 |
| 牛缺遇盗 | 068 |
| 澄子夺黑衣 | 070 |

|  |  |
|---|---|
| 利令智昏 | 071 |
| 生木造屋 | 072 |
| 黎丘丈人 | 074 |
| 表水涉澭 | 076 |
| 次非斩蛟 | 078 |
| 宣王好射 | 080 |
| 狐假虎威 | 082 |
| 惊弓之鸟 | 084 |
| 南辕北辙 | 086 |
| 鹬蚌相争 | 088 |
| 画蛇添足 | 090 |
| 千金市骨 | 092 |

| | |
|---|---|
| 杞人忧天 | 094 |
| 朝三暮四 | 096 |
| 关尹子教射 | 098 |
| 歧路亡羊 | 100 |
| 薛谭学讴 | 102 |
| 塞翁失马 | 104 |
| 叶公好龙 | 108 |
| 曲突徙薪 | 110 |
| 抱薪救火 | 112 |
| 按图索骥 | 114 |
| 优孟谏葬马 | 116 |
| 一叶障目 | 118 |

| | |
|---|---|
| 鲁人执竿 | 120 |
| 日近长安远 | 122 |
| 道旁苦李 | 123 |
| 对牛弹琴 | 124 |
| 折箭 | 126 |
| 临江之麋 | 128 |
| 黔之驴 | 130 |
| 大鳌与蚂蚁 | 132 |
| 与虎谋皮 | 134 |
| 郑人逃暑 | 136 |
| 公输刻凤 | 138 |
| 恃胜失备 | 139 |

| | |
|---|---|
| 富人之子 | 140 |
| 营丘士折难 | 142 |
| 盲人识日 | 144 |
| 囫囵吞枣 | 145 |
| 金钩桂饵 | 146 |
| 越人溺鼠 | 147 |
| 迂儒救火 | 148 |
| 东郭先生和狼 | 150 |
| 古琴价高 | 154 |
| 象虎 | 156 |
| 常羊学射 | 158 |
| 荆人畏鬼 | 160 |

| | |
|---|---|
| 越人造车 | 161 |
| 疑人窃履 | 162 |
| 猩猩嗜酒 | 164 |
| 争雁 | 166 |
| 万字 | 168 |
| 鸲鹆学舌 | 170 |
| 医驼背 | 171 |
| 蜀鄙之僧 | 172 |
| 大鼠 | 174 |
| 附录·原文 | 176 |

# 揠苗助长

春秋战国时期，宋国有个老汉。和大多数人一样，他和儿子以务农为生。

插秧的时节到了，一家人起早贪黑，终于把禾苗插完了。然而一天天过去了，禾苗看起来还是和新栽的一样，没有长高多少。

这天一大早，老汉独自一人去了地里。看着绿油油的禾苗，他想："肯定是禾苗不够有力气，所以才长得慢，我来助它们一臂之力！"

老汉下到田里，一株株地拔起禾苗来，一直忙活到烈日当空才全部拔完。他累得腰酸背痛，但看着明显"长高"了一大截的禾苗，心里很高兴。

老汉一回家，就把这件事告诉了儿子。儿子赶紧跑到地里去看，只见炎炎赤日下，地里的禾苗全都耷拉着脑袋，又枯又黄，一家人辛苦插秧的心血全部白费。

## [ 阅读点拨 ]

但凡种庄稼的人都希望自己的禾苗长得快一些。但故事里的老汉太过焦虑，将禾苗一株株拔起，这样不但对庄稼无益，反而害了它们。由此可见，我们做事时，一定要尊重规律、循序渐进，切忌急于求成、揠苗助长！

# 五十步笑百步

在战国时期,魏国的梁惠王经常发动战争。这一天他向孟子请教治国的问题。

梁惠王问道:"我治国理政,可谓用心良苦,花了很多心思!那年黄河北岸粮食歉收,百姓遇到饥荒。我马上就下令让北岸的百姓搬迁到河东,同时还把河东的粮食运到黄河北岸来救助那些饥饿的难民。当河东遭了饥荒的时候,我也是这么做的。邻国的君主治理国家,哪像我这样用心,这般善待百姓啊?但是我始终想不明白,为什么邻国的百姓没有因为这个原因而减少,而我国的百姓也没因此而变多呢?"

孟子听完之后,说道:"大王喜欢打仗,那我就拿这个来作比方吧。战场上,打仗的两方经过激烈的厮杀,胜负已见分晓。这时候,即将胜利的一方擂动战鼓,将士士气高涨,对败军紧追不舍。而对手士气衰竭,仓皇之中,纷纷丢下兵器掉头逃命。有的士兵跑了一百步才停下,而有的

士兵跑了五十步就停下了。这时候那些跑了一百步的士兵，听到身后只跑了五十步的士兵在嘲笑他们，说他们是胆小鬼，只有逃命的本事。大王，您说这种嘲笑对吗？"

梁惠王马上回答："当然不对。既然都是逃兵，相互之间有什么好嘲笑的？"

孟子说："大王啊，既然您能明白这里面的道理，就不要期待自己的百姓能比邻国多了。邻国的国君是不爱百姓，不管灾荒多严重，都不体恤百姓的疾苦。可大王您总是四处征战，百姓无法按四时播种、养殖，无法休养生息，致使民不聊生，您同样是不爱百姓的国君哪！魏国的百姓人口怎么会比邻国的多呢？"

## [阅读点拨]

梁惠王认为自己为了百姓的生计，已经尽心尽力了。但孟子指出，梁惠王经常发动战争，劳民伤财，和邻国国君只有退却五十步和退却百步的差别罢了。后来，人们常用"五十步笑百步"比喻自己跟别人有同样性质的问题，只是程度上轻一些，却自以为优越而嘲笑或反对别人。

中国寓言故事

# 月攘一鸡

在很久之前,一个村庄里出了个偷鸡贼。每天夜幕降临之时,这个贼都要悄悄出门,去邻居家偷一只鸡。

这一天,他照常出门偷鸡,不料却被还没有休息的村民撞见了。村民好心训诫他说:"原来是你偷走了我们村这么多的鸡呀,我们都以为鸡被山上的野狼叼走了。你怎么可以做这种勾当呢?这根本不是君子该做的事情。"

偷鸡贼听了这番话以后,认真思考了一下,对村民说:"我知道错了!

我保证，再也不每天去偷一只鸡了。从今天开始，我慢慢减少，一点点改正，先从每个月偷一只鸡开始，这样到明年我就不偷了。"

[ 阅读点拨 ]

　　这则寓言讽刺了明知故犯、不肯改正错误的人，同时也告诉我们：犯了错误就要及时改正，绝不能找借口，一错再错。

# 弈秋诲弈

鲁国有位叫秋的人，因棋艺名扬天下，人们都叫他弈秋（弈有下棋的意思）。弈秋门徒众多，他对徒弟一视同仁，悉心传授。

一次，弈秋收了两个徒弟，但这两人性情截然不同。一个学生听课专心致志，从来没有些许怠慢，总是耳朵听着先生传授棋法，眼睛盯着棋盘上的黑白棋子，生怕漏了一字一句。另一个学生一直觉得自己很聪明，现在有了名师指点，棋艺自然会突飞猛进。上课的时候，这个学生常常没听一会儿，便觉得自己都懂了，不愿意再下功夫。

这天，弈秋来到棋室，他临窗而坐，摆下棋局，开始给学生讲课。认真听课的学生马上正襟危坐，仔细听讲。另一位呢？左耳在听先生讲课，右耳却在听鸟儿唱歌。他还不时地望向窗外，一副心不在焉的样子。先生刚说歇息，他就马上拉起同学的衣裳，迫不及待地问："刚才，你听见鸟叫了吗？你看见大雁了吗？今天有好几群大雁往南飞去了。我有一张很好的弓，若是弓箭在手，我一定要射两下试试。"同学正了正衣裳，说道："对不起，刚才我一心只听先生讲课，至于窗外

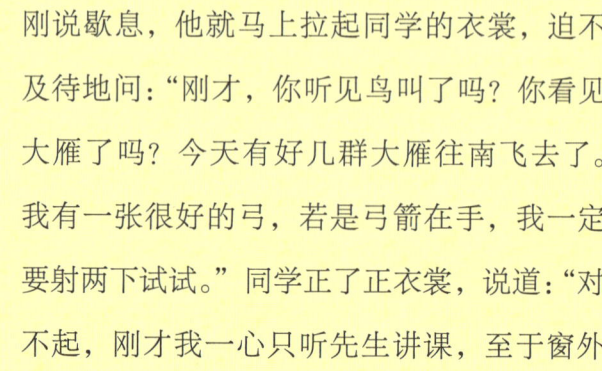

有什么,我都未曾听闻,也不愿意去关心。不如我们现在来对弈一盘,温习一下先生刚才所讲的内容,你觉得如何?"

走神的学生摆好棋盘,自信迎战,可才一会儿的工夫,便输给了同学。他羞愧难当地对弈秋说:"弟子愚钝,让您失望了。"

弈秋看着落败的学生,连连摇头道:"你们两人同时拜我为师,你的同窗学有所成,而你却没有任何长进。真是你们两个人的智力有差异吗?不是的!只是你们在学棋和下棋时的专注程度不同罢了。"

[ 阅读点拨 ]

两个徒弟虽然都拜弈秋为师,但由于他们的学习态度不同,最后下棋的水平也有了天壤之别。这个寓言告诉我们,学习必须专心致志,不可三心二意。

# 楚人学齐语

战国时期，宋国的大臣戴不胜去拜访一向宣扬"仁政"的孟子，向他请教一些治国理政的事情。

戴不胜恭敬地询问孟子："请问先生，我想向大王推荐一位叫薛居州的贤德之人，希望他能常伴大王左右，辅佐大王成为仁慈睿智的明君，您看如何呢？"

孟子听后微微一笑，反问戴不胜："曾经，楚国有一位官员想让他的儿子学习齐国的语言，依您之见，是请齐国的老师教他好呢，还是请楚国的老师教他好呢？"

戴不胜不假思索地回答道："那自然是请齐国的老师呀！"

孟子又微微一笑，说："如果请一位齐国的老师到楚国来教官员的儿子说齐国的语言，但他身边都是喋喋不休的楚国本地人，那么，即使齐国的老师天天严厉地教育他，甚至鞭打他，他也不会有什么长进的。

如果将他带到齐国住上几年，走进大街小巷，感受那里的风土人情，到时候，就算天天鞭打他让他说自己楚国的语言，他都不会说了。"

戴不胜听了有些疑惑不解。孟子接着说："倘若在大王身边的人，不论年龄大小、官职高低，都是像薛居州一样的贤明之人，那么大王自然会成为一代明君。反之，倘若在大王身边的人，都是一群奸佞小人，大王自然难以勤政爱民。既然如此，您只向大王举荐薛居州一位贤明之人，又能指望大王改观多少呢？"

[ 阅读点拨 ]

从这则寓言中我们可以发现，你所置身的大环境，会对你产生很大的影响。学习语言的人，要处于相应的语言环境中才能事半功倍；治国理政的君王，身边要有一群贤明的大臣辅佐才能勤政爱民。我们也要学会选择对自己有帮助的环境，在良好的氛围中提升自己的能力，陶冶自己的品性。

# 以羊易牛

齐宣王是战国时期齐国的君王。这天，齐宣王把孟子召来论道，问他有没有听说过齐桓公、晋文公称霸的事迹。孟子说："大王，孔子的弟子没有谈论过这些事迹，因此臣并未听过。今天我们还是来谈谈为君之道吧！"

齐宣王来了兴致，问道："寡人要怎么做才能一统天下？"孟子微微一笑，说道："只有爱民护民的君主才能获得民心，没人能阻挡他的王图霸业。"齐宣王期待地看向孟子，又问："那像寡人这样的，可以护百姓、得民心吗？"孟子点头笑道："可以。"宣王更高兴了，追问道："先生怎么知道可以呢？"

孟子慢条斯理地说："我在胡龁那里听说了这样一件事：有一次，大王在朝堂上看见有人牵着牛经过，说是要用它祭祀。您看到牛含着眼泪在发抖，觉得杀死一头无罪的牛很残忍，就下令放了它。那人说放了牛就无法祭祀，您让他用羊代替。请问大王，这件事是真的吗？"齐宣王摸着胡须说："确有其事。"

孟子行了一礼，说："大王有这样的仁心，可以兴国安邦了。"齐宣王示意他详细说说。孟子又说："牛比羊贵，有百姓以为您是因为吝啬才换羊去祭祀，但我知道您是因为不忍心。"齐宣王叹道："是啊！齐国虽然是个小国，但寡人怎么会吝惜一头牛呢？"

孟子继续说："可百姓们在议论，如果大王是可怜牲畜无辜被杀，那牛和羊有什么区别，为什么要让羊替牛死呢？"齐宣王哈哈大笑，说："其实百姓们说得很有道理！既然不是吝啬钱财，那寡人究竟是一种怎样的心理呢？"

孟子微笑道："这正是您仁德的体现，因为当时您只看到了牛而没有看

到羊。君子看到鲜活的禽兽，就不忍心看它们去死；听到它们哀叫，就不忍心吃它们的肉。正因如此，君子平时才会远离厨房啊！"

[ 阅读点拨 ]

　　战国时期，强大的诸侯都想统一天下。为此，他们彼此之间常常发动战争，让百姓苦不堪言。孟子却向齐宣王指出，利用战争来达到统一的想法是错误的。既然国君有怜悯一只牲畜的仁慈心，为什么不能把自己的这种仁慈推及国中的百姓呢？如果百姓都能得到国君的恩惠，过上幸福的生活，那么国君就赢得了民心，又何愁不能统一天下呢？

# 井底之蛙

一天，青蛙遇到了来自东海的大鳖，便热情地邀请它到自己居住的深井里做客。

青蛙絮絮叨叨地夸耀自己的家，说："我在这里简直比神仙还快活！瞧见这井栏了吗？我经常跳出来到这上边玩，玩累了就往井里一蹦，回去休息。你瞧，井壁上有好几个窟窿，光滑又凉快，可舒服了。"

见大鳖听得认真，青蛙更自豪了，手舞足蹈地说："我泡在井水里晃荡时，水刚刚好浸没我的胳肢窝，擦着我的下巴；泥巴软乎乎的，刚好盖住我的脚，舒服极了。"它咂咂嘴，继续说："周围那些小虾、螃蟹、蝌蚪，

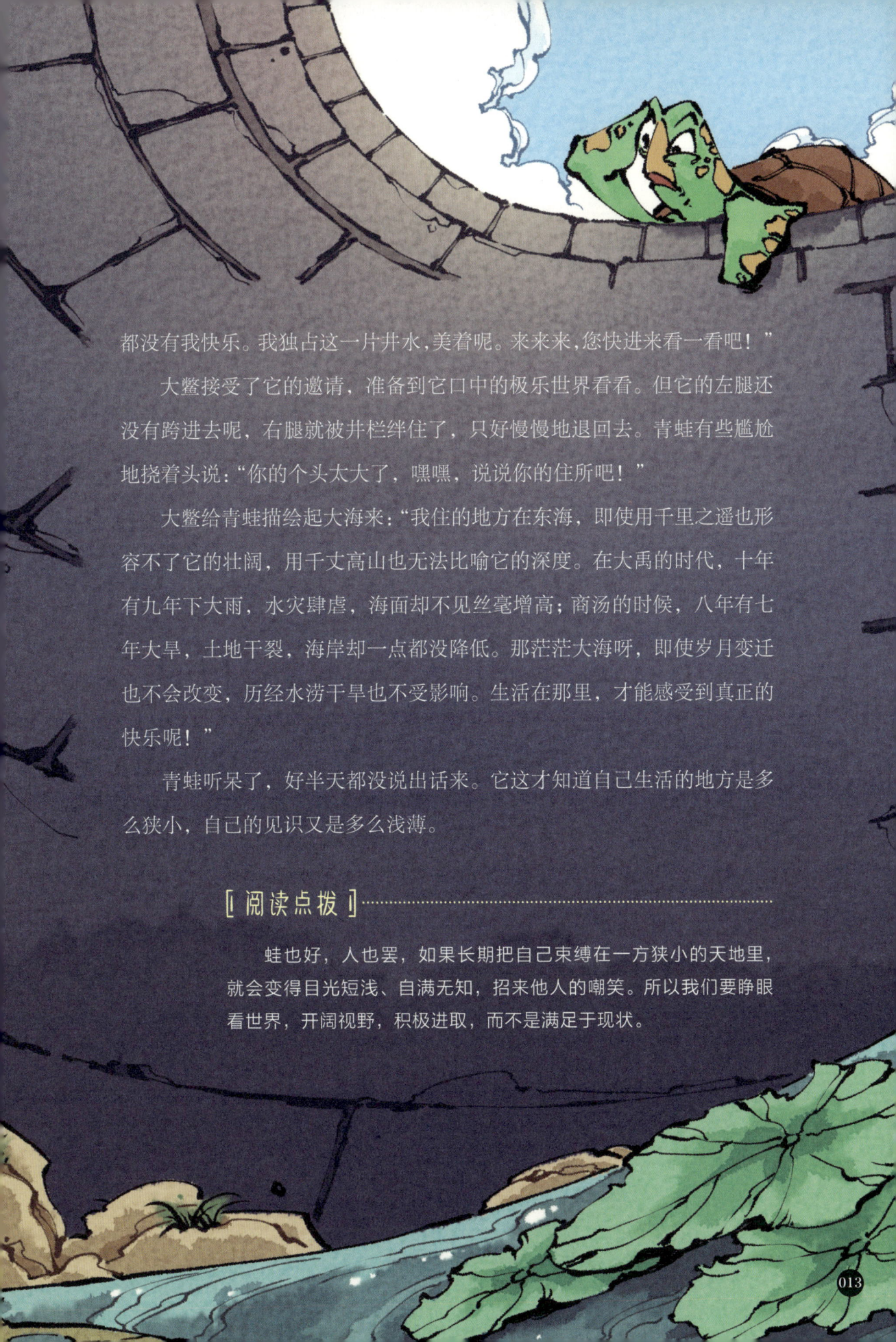

都没有我快乐。我独占这一片井水，美着呢。来来来，您快进来看一看吧！"

大鳖接受了它的邀请，准备到它口中的极乐世界看看。但它的左腿还没有跨进去呢，右腿就被井栏绊住了，只好慢慢地退回去。青蛙有些尴尬地挠着头说："你的个头太大了，嘿嘿，说说你的住所吧！"

大鳖给青蛙描绘起大海来："我住的地方在东海，即使用千里之遥也形容不了它的壮阔，用千丈高山也无法比喻它的深度。在大禹的时代，十年有九年下大雨，水灾肆虐，海面却不见丝毫增高；商汤的时候，八年有七年大旱，土地干裂，海岸却一点都没降低。那茫茫大海呀，即使岁月变迁也不会改变，历经水涝干旱也不受影响。生活在那里，才能感受到真正的快乐呢！"

青蛙听呆了，好半天都没说出话来。它这才知道自己生活的地方是多么狭小，自己的见识又是多么浅薄。

[阅读点拨]

蛙也好，人也罢，如果长期把自己束缚在一方狭小的天地里，就会变得目光短浅、自满无知，招来他人的嘲笑。所以我们要睁眼看世界，开阔视野，积极进取，而不是满足于现状。

# 鲁侯养鸟

从前，有一只海鸟在翻山越岭的途中飞累了，就落在鲁国的城外稍作休息，迟迟没有要飞走的意思。在当时的鲁国，谁都没有见过这么新奇的鸟，于是消息不胫而走。鲁国的大王得知后，当即来了兴致。他亲临城外，用自己豪华的车马迎接这只海鸟，将它送进鲁国规格最高的宗庙，还给它敬酒，希望它能高兴。但海鸟似乎对这阵仗提不起一丝兴趣，耷拉着小脑袋，一脸闷闷不乐。鲁王即刻吩咐国内最好的乐师演奏著名的宫廷雅乐《九韶》，为海鸟解闷。不过，海鸟还是垂头丧气的样子。鲁王琢磨着，一定是给海鸟提供的吃食不对它的胃口，又命令宫廷大厨为它准备只有在帝王祭祀时才做的大餐,牛肉、羊肉、猪肉应有尽有,并搭配上等的琼浆玉液。海鸟见这些山珍海味堆在自己面前,早已头昏眼花,更加郁郁寡欢了。它始终不愿意尝一口这上等的佳肴,也不愿意喝一口这顶级的美酒。三天之后,海鸟就死去了。

鲁王本意是想好好爱惜这只海鸟,只是他用自认为正确的方式来喂养海鸟,并没有仔细想过海鸟究竟喜欢什么。

[ 阅读点拨 ]

由此可见,在喂养一只海鸟的时候都要讲求方法得当,对待他人时更是如此。人与人都是不同的个体,你自己认为好的东西,别人不一定觉得好,不要将自己的喜好强加在别人身上。此外,我们做任何事情都要掌握其规律及特点,如果只凭自己的主观意愿或直觉莽撞行事,往往会适得其反。

# 螳臂当车

战国时期，鲁国的名士颜阖被卫灵公聘请为太子的老师。

颜阖来到卫国后，去拜访了蘧伯玉。蘧伯玉对颜阖说："我仰慕先生已久，听说你答应了大王，准备做太子的老师？"

颜阖说："正是。但我听说当今太子是个嗜好杀戮的人，所以来向您求教，有什么方法可以让我和太子和气相处，并尽好自己的本分呢？"

蘧伯玉回答说："太子天性凶残。你若想用贤德感化他，那是不可能的。你应该知道齐庄公的故事吧？齐庄公出猎，看见一只螳螂竟然举起前腿想要挡住滚滚车轮。螳螂不知道自己的力量是如此单薄，随时会被车子碾压得粉身碎骨，才会有挡车的举动。你想做好太子的老师，并且认为自己的行为是利国利民的；可你却不知道自己其实根本无法胜任，你的行为就像螳臂当车一样。总之，你要保护好自己，谨言慎行，别让太子厌烦啊。"

## [ 阅读点拨 ]

螳螂没有意识到自己的渺小，因此不知道自己面临着被车轮轧过的危险。颜阖到卫国给性情残暴的太子做老师，却不知道自己根本没有相应的能力。如果我们不正确估计自己的力量，去做办不到的事情，必然会招致失败。

# 东施效颦

春秋战国时期，越国的一个村子出了一位大美人，因为她住在村子的西边，所以大家都叫她西施。

有一天，西施走在村里，因为心口突然疼了起来而皱紧了眉头。虽然西施因为犯病痛苦不堪，但楚楚可怜的她看上去仍然十分美丽。村里的人都忍不住多看她几眼，纷纷上去安抚她，心疼极了。这一幕，被住在村子东边的一位叫东施的女子瞧见了。

与西施不同，东施长得可不怎么好看，可以说是村里公认的丑女了。她见了西施这病恹恹又惹人垂怜的模样，心想：哼！有什么了不起，要是我也像西施这样做，一定也很漂亮，大家自然也会注意到我的。于是，她回到家里依葫芦画瓢，反复练习西施犯病的样子，直到她自认为模仿得惟妙惟肖为止。

过了几日，东施自信地走在村里的大街上，走着走着突然娇滴滴地叫道："哎哟！"说罢，她用双手捂着心口，紧紧地皱着眉头。这下可算在村里引起了轰动。走在街上的富人看到东施这副扭捏造作的丑陋模样，吓得"哇"地大叫一声，连忙撒腿跑回家，"砰"一下把大门关得死死的。同村的穷人也被东施的丑态吓得不轻，三步并两步地带着妻儿跑得远远的。

东施以为皱眉头会很美，就盲目地学西施的样子，结果却让大家更讨厌她了。

[阅读点拨]

东施苦心效仿西施那么久，非但没有得到村里人的赞美，反而吓到了所有人。这是为什么呢？因为东施只是单纯地觉得西施紧皱眉头的样子看上去很美，却不知道西施原本就倾国倾城；而自己根本不是西施那样的美人，还做作地模仿，这样是不会得到大家的认可的。如今，人们常用"东施效颦"这个词来比喻没有自知之明，胡乱模仿而适得其反的人。

# 涸辙之鲋

战国时期的庄周是我国历史上著名的哲学家、思想家和文学家，世称"庄子"。他年轻的时候，家里非常贫困，时常揭不开锅。这天，他家里又一点儿吃的也没有了。庄周不忍心看着家里人挨饿，只好厚着脸皮到相识的监河侯家里借粮。

监河侯是个非常小气的人，他听了庄周借粮的请求后，装出一副大方的样子说："没问题！我马上就要去我的领地收取赋税了，等税金一到，我就借你三百金，你看怎么样？"

庄周一听，气得脸都白了，他愤愤地说道："我先讲件事儿给您听吧。昨天我在来你这儿的路上，听到路中间有呼救声，声音急切凄怆。我四下里寻找声音的来源，原来是一条困在车辙痕里的鲋鱼在呼救。车辙里只剩下浅浅的一点儿水了，鲋鱼在里面挣扎着摆动尾巴，看上去十分可怜。我问它：'鲋鱼，你怎么会在这里呀？'鲋鱼沙哑着嗓子说：'唉！先生有所不知。我本是东海海神的臣子，前两天这里发了一场大水，洪水退去后，我就被困在了这里。我马上就要干死了，您能给我一升半斗水救我的命吗？'我当即就和您一样答应了，我说：'没问题！我这就去南方游说吴国和越国的国君，让他们引西江的水来救你，到时候你就再也不用担心干死了，你看怎么样？'鲋鱼听了，气得脸色都变了，它恨恨地说：'您不诚心帮我的忙就算了，何必拿这种话来搪塞我呢？如今我只需要一升半斗水就能活命了，拿那么点儿水对您来说是多么轻而易举的事！要真像您说的那样，等您引

来西江水的时候，我早就在哪家干鱼店里躺着了。'"

监河侯听了，羞愧得低下了头。

[ 阅读点拨 ]

监河侯根本不愿意帮助庄子，只是用空话来搪塞他罢了。看穿他心思的庄子便用涸辙之鲋的故事来讽刺他。远水解不了近渴，当朋友有燃眉之急，向我们寻求帮助时，我们不能放大话，开空头支票，而应该诚心诚意、实事求是地提供帮助。

# 鲁国少儒

庄子拜见鲁哀公，行过礼后就端坐在案前。哀公捋着胡须，笑道："听闻先生才华盖世，但据寡人所知，鲁国有很多儒士，却很少有信奉先生道学的人哪。"庄子不恼不愠，微笑着说："其实鲁国的儒士很少。"哀公不解地问："几乎整个鲁国的人都穿着儒士服饰，你怎么说儒士少呢？"

庄子不紧不慢地说："我听说，儒士的穿着都是很讲究的：戴圆帽的代表他知晓天时，穿方鞋的代表他熟悉地形，而佩戴用五色丝绳穿系的玉玦的，代表他遇事决断。大王认为，这些穿着儒士服饰的人，都是有真才实学的人吗？"鲁哀公反问道："先生有何高见？"庄子笑笑说："鄙人以为，表里不一的大有人在，有真本事的君子，不一定要穿儒士服饰；反之，穿着儒士服饰的人未必有真才实学。大王如果不信,可以试上一试。"鲁哀公追问道:"怎么试?"庄子说:"大王可以下令,没有儒士的真才实学却穿着儒士服饰的人,将以死罪论处,您很快就能知道鲁国的真儒士有几个了。"

鲁哀公也想探探这些所谓儒士的底细,看看自己国家的人才到底有多少,于是按照庄子的建议颁布了这条政令。那些平日里装腔作势的人慌了手脚,连忙摘下圆帽,脱下方鞋,解下玉玦,把儒士服饰锁进衣柜里。五天过去了,鲁国国中几乎没有人敢再穿儒士服饰了。鲁哀公很受打击,叹道:"没想到我鲁国之中竟然都是些伪儒士、假能人。"

这时,侍从禀告说有一个男子穿着儒士服饰站在朝门之外。鲁哀公大喜,马上召他进来,和他商谈国事,无论多么复杂的问题,他都能对答如流。庄子在一旁笑道:"偌大的鲁国只有一位儒士啊,怎么能说数量很多呢?"

[阅读点拨]

鲁国虽然平时身着儒服的人很多,可真正有才学的人却很少。世上名不副实的人和事都太多了,我们看人看事不能光看表象,还要探知内里的真相。此外,做人也不能追求虚名,要有真才实学才行。

# 丈人承蜩

孔子是春秋末期著名的思想家、政治家和教育家。作为儒家学派的创始人，他门下有众多弟子，并时常会带他们周游列国，一边游览一边学习。

有一次，孔子带着几个学生到楚国去，路上在穿过一片树林的时候，他们看见一位驼着背的老人正在用一根长长的竿子粘知了。只见老人家熟练地粘起一只又一只知了，真是轻而易举，看得众人目瞪口呆。

大家都十分好奇，为什么老人能有这般本事。于是，孔子恭敬地走上前，作揖问道："老人家，您的手可真灵巧，我们都想知道您是有什么粘知了的诀窍吗？可不可以告诉我们呢？"

老人不紧不慢地回答道："我当然有诀窍啦！在每年五六月份的时候，

　　我就开始不断练习用竿子粘知了了。你们看，如果我能在竿子上放两颗粘知了的圆丸，那么知了一般就跑不掉了。如果我能在竿子上放三颗圆丸，那么就算树上有十只知了，我最多也不过让它们跑掉一只。如果我能在竿子上放五颗圆丸，并保证它们都不会掉下来，那么粘知了就会像你们平日里伸手拿东西一样容易了。你们看我现在站在这个地方，身体就像一个树桩子般纹丝不动，而我拿着竿子的手臂，则像树桩上一根干枯的树枝。虽然世间万物生生不息，如此繁多，但我绝不会被它们分散精力，更不会摇头晃脑，左顾右盼。我所有的注意力都只集中在这不停飞舞的知了的翅膀上，又怎么会粘不到知了呢？"

　　孔子听完，对他的学生们说："不要分心，聚精会神于一处，大概就是这位驼背老人要告诉我们的道理吧！"

## [ 阅读点拨 ]

　　驼背老人能轻易地粘起一只只知了，看似神奇，其实都是他专注练习了无数次的结果。正如孔子所说，我们做任何事，只要能够专心致志，这样日积月累下去，就一定能够成功。

# 唇亡齿寒

晋献公为了扩充疆土，不断向邻国发动战争。他想灭掉虞、虢二国。虞国隔在晋国和虢国之间，同虢国是唇齿相依的盟友。虽然它们都比较弱小，但晋军只有瓦解这个联盟，才能各个击破。

于是，晋献公派大臣赶往虞国，请虞国放晋军通行，去讨伐虢国，并献上了稀世珍宝。虞公从没见过这么上等的良马和玉璧，两眼放光，爱不释手。对借道虞国之事，他爽快地答应了。大夫宫之奇急忙劝谏："晋国使者这样讨好我们，这其中藏着不可告人的阴谋，大王千万不可答应借道！"

虞公却不以为然，说道："晋国如今实力雄厚，我们巴结他们还来不及，怎么能拒绝呢？现在人家主动派使者来商谈，还赠送了良马和玉璧，这是诚心诚意和我们做朋友！你不必大惊小怪。"

虞公不听劝谏，答应了晋使借道的要求。晋国顺利占领了虢国的下阳。

三年之后，晋献公又向虞国提出借道伐虢的要求。虞公再次欣然允许。

宫之奇急得跪下说："大王，三年前借道，破坏虞虢联盟，已经铸成了难以挽回的错误。过去虞虢两国互帮互助，互增实力。别的国家即使虎视眈眈，也不敢轻易发兵。虞国和虢国的关系如同脸颊和牙床、嘴唇和牙齿，互相依存，虢国亡了，虞国还能存在吗？与晋国交好，就如同与贼寇一同玩乐。借道之事绝不可答应。"

虞公却嫌弃宫之奇太多虑。宫之奇眼看虞公不听劝阻，一意孤行，只能带着家人离开了虞国。别人问他为什么，他说："有人贪图人家的良马玉璧，情愿饮下毒酒，不惜打开大门迎接强盗。嘴唇没了，牙齿能不觉得寒冷吗？战事将来，我不愿做亡国的臣子，还是早点走吧！"

果然，晋国军队借道虞国，灭了虢国。虞公亲自迎接晋军凯旋，却不想晋军执戈相见。不久，虞公成了阶下囚，虞国灭亡。

[ 阅读点拨 ]

虞公被晋国送来的宝物蒙蔽了双眼，只顾着眼前的利益，却没有看到虞国和虢国休戚相关。一旦虢国被晋国所灭，虞国也无法保全自身。相互依存的事物是无法各自独立存在的，所以我们要用长远、全面的眼光去看待身边的一切。

# 曲高和寡

战国时期，楚国有个名叫宋玉的人。他是出了名的美男子，生得清秀俊逸，丰神飘洒，凡是见过他的人都感叹他有神仙之姿。除此之外，他更是才气过人，既善写文章，又精通音律。当时的楚襄王爱好辞赋与音乐，因此很器重他。不料，朝中有些大臣看到他如此得宠，非常嫉恨，便故意在背地里败坏他的名声。正好有许多人看不惯宋玉，于是，一时间，有关他的传言甚嚣尘上，没几日就传到了楚襄王那里。

楚襄王虽然没太把这些传闻当回事儿，但心里还是有些怀疑。一天，他与宋玉一同喝酒时，不经意地提道："近来寡人耳朵里飘进了许多风言风语，都是关于先生的。"说到这里，他看了宋玉一眼，问道："先生是否有行为不端的地方，怎么惹来了这么多的非议呢？"

宋玉听后面不改色，不慌不忙地离开案前，向楚襄王深深一拜后，说道："请大王恕罪，容我先讲一件事给您听吧。前几天，都城里来了一个外地人，

他在广场上边弹奏边演唱。他最先唱的是《下里》《巴人》，大王知道，那是咱们国家民间的通俗歌曲，会唱的人很多。大家纷纷停下脚步，跟着他一起唱的有几千人。不一会儿，他唱起了《阳阿》《薤露》，这两首歌曲半雅半俗，跟着唱的人一下子就减到几百了。等到他唱起格调高雅的《阳春》《白雪》时，只有几十个人跟着唱了。他的最后一首歌曲曲调高古，五音调和流转，一会儿是高亢的商音，一会儿是细腻的羽声，这回跟着他唱的不过几个人而已。由此可见，歌曲越是高雅，能跟着唱的人越是少啊！"

楚襄王听到这里，也就明白了。宋玉才华出众，品格高超，难以被一般人理解，所以也就免不了被人说三道四。

[阅读点拨]

面对国君，宋玉把自己比作《阳春》《白雪》，表示正是因为自己高雅出众，所以被人妒忌、抹黑。一个超凡脱俗、志向高远的人，有时会遭到别人不理解的目光，或是恶意的攻击，但只要有坚定的信念，别人的言行就不会影响到自己。

# 滥竽充数

战国时期,齐国的国君齐宣王喜好音乐,尤其喜欢听吹竽。每次听奏乐,国君都要让三百个乐师一起演奏。竽声在宫内齐鸣,场面极其热闹。

一个名叫南郭的人听说了这件事,顿时觉得找到了一个赚钱的好机会。他拜见齐宣王,并吹嘘自己吹竽的水平极高,听过他吹竽的人没有不佩服的。"大王啊,请让我成为您的乐师吧,我愿意天天为大王吹奏出最美妙的竽声。我比您宫里所有乐师更技高一筹,我愿意献出自己的绝技,让您每天快活无比。"齐宣王听完,十分高兴,立刻让他加入了乐师的队伍。

然而,南郭先生并不会吹竽。在演奏的时候,南郭先生就混在乐队中装模作样。乐章舒缓,他就轻晃脑袋,无比动情;乐章激越,他就全身一起摆动,无比振奋。他鼓着腮帮子,好像这美妙乐曲是他一人所奏。其实,

他的竽里塞满了豆子，根本发不出任何声音。南郭先生心中窃喜，只要自己每天这样卖力地表演，便能吃喝无忧，还能拿到一份优渥的酬劳。

但是这样的好日子没过多久，齐宣王就去世了。他的儿子齐湣王继承了王位。齐湣王也十分喜欢听吹竽，但是和先王不同，齐湣王只喜欢听独奏。于是齐湣王发布了一道命令，他要求这三百个乐师单独演奏，轮流到殿前吹竽给自己听。

南郭先生听到诏令，心里非常害怕，自己根本不会吹竽，若是事情败露，可是要掉脑袋的。眼见自己再也无法蒙混过关，他左思右想，最后还是连夜收拾行李，逃出了皇宫。

[ 阅读点拨 ]

南郭先生虽然靠花言巧语骗过了齐宣王，成了皇宫中的乐师，但终究没有真才实学。等到要单独演奏的时候，他只能落荒而逃。如果做人做事和南郭先生一样，没有真本事，只会弄虚作假，靠装装样子糊弄别人，总会有被人揭穿的一天。

# 买椟还珠

春秋战国时期，楚国有一个珠宝商人在郑国做生意。一个偶然的机会，他得了一颗宝珠。这颗宝珠极其珍贵，有鸡蛋那么大，晶莹润泽，暗夜里还能发出光芒。商人非常兴奋，认为它肯定能卖出一个好价钱。

在正式拿到集市上售卖之前，商人打算做一个盛放宝珠的匣子。为了能使匣子配得上这颗宝珠，他请了最好的工匠，用纹理细腻的木兰做材料。匣子制成之后，他又请人在上面雕上精美的花纹，漆上绚丽的色彩，还买了最好的香料来熏香，使它散发出扑鼻的香气，又用珠玉做点缀，粘上翠鸟羽毛做装饰……全部完成后，他把宝珠装进去，兴冲冲地拿到集市上。匣子刚摆出来，阵阵香气就吸引着人们上前观看，所有人都啧啧称奇。商人见到这样的情景，心里越发得意了。

不一会儿，一个郑国的富人走了过来。他好奇地挤进人群，想看看是什么东西吸引了这么多人。刚挤到前头，他就看到了那只匣子，一颗心不由得扑通扑通地跳起来，他还从来没有见过这么华美的匣子呢，心想：这样的东西大概是天上来的吧？

富人怀着激动的心情走到商人面前，想要买下它。商人说了一个很高的价格，没想到富人懒得讨价还价，直接同意了。成交后，富人拿着匣子，喜滋滋地把玩了起来。当打开匣子后，他看到里面躺着一颗宝珠，想都没想就拿了出来，放回商人面前，之后乐呵呵地捧着匣子回家去了。

商人看着面前的宝珠，哭笑不得。要知道，匣子虽然精美，但价值可比不上宝珠的千分之一呢！

[ 阅读点拨 ]

郑国的富人舍弃了珍贵的宝珠，只带走了装它的匣子，这是舍本逐末的行为。我们做事时应该分清主次，不能像这位富人一样捡了芝麻丢了西瓜。

# 郑人买履

有个郑国人要到集市上去买鞋，出门前特意对着脚量了半天，高兴地说："这一次量准了，肯定能买到合脚的鞋。"然后他就顺手把尺子放到了家里的椅子上。

他收拾了一番后出门，来到集市上的鞋店里，认认真真地挑选了半天，终于挑中了一双材质、款式都不错的鞋。他问道："店家，这双鞋我很喜欢，我量量尺码，合适的话我就买下了。"

说完，他往怀里一掏，却发现自己忘了带尺子，不由得懊悔自己的大意，他对店家说："店家，我忘记带尺子了，上面标了我脚的尺码，你等我从家里拿回来。"

这人火急火燎地跑回家，拿上尺子就往集市赶。可是等他赶到的时候，鞋店已经关门了。这人坐在店门口的石阶上喘气，埋怨道："这店家，跟他说好了等我拿尺子回来，怎么就关门了呢？"

路过的人说:"要穿鞋的是你的脚,你为什么不用自己的脚去试一试呢?"他摆摆手说:"尺码是最准的,我宁可相信量好的尺码,也不相信自己的脚。"

### [ 阅读点拨 ]

故事中的郑国人只相信尺码,却不懂得用自己的脚去试鞋,结果错过了自己中意的鞋。世上有很多像这个郑国人一样的人,陈腐死板,不知变通,最后往往做不成事。

中国寓言故事

# 自相矛盾

春秋战国时期，楚国有一位商人，这一天他到集市上卖东西。集市上人来人往，好一片热闹的景象。然而楚国商人这里生意却颇为冷清，偶尔只有三两个顾客在摊位前驻足。

为了招揽更多的客人，这位商人灵机一动，举起自己的盾牌大声喊道："嘿，大家快来看看哪！这是一面非常坚固的盾牌，世上只有我这有卖！嘿，你们别看它瞧上去普普通通的，其实连世界上最尖锐的矛都刺不穿它！要是战场上的将士们拥有了这样的盾，敌人就再也不可

能打赢我们,真是如虎添翼呀!"

周围的人都很好奇,一下子围了上来,想要看清这么坚固的盾到底长什么样。

商人见到这么多人都对自己的商品感兴趣,又兴奋地取出一把长矛。只见那长矛矛头锋利,在阳光下锃光瓦亮,看着十分威武。商人接着又扯开嗓子喊:"你们快看看这矛,来!我这矛是工匠精心打磨的,就算世上再坚固的盾,都不是它的对手,根本挡不住它。大家快来看,快来买呀!这可是世上最坚固的盾和最锋利的矛!"

这时,人群里突然冒出来一个小孩子,他指着商人的盾说:"你说这是世上最坚固的盾,那么是不是可以抵挡你卖的矛呢?"说完他又指向商人的矛,说:"你说这是世上最锋利的矛,那么是不是可以刺穿你卖的盾呢?"人们听完都哈哈大笑起来,还有几个大汉在一旁起哄:"快拿你的矛刺你的盾哪!"商人的脸涨得通红通红的,立刻收拾起自己的货物,低着头从人群中溜走了。

[ 阅读点拨 ]

故事讽刺了楚国商人为了卖货,信口夸大描述自己的商品,最后被人识破,反而成为笑柄。现在,"自相矛盾"这个词常常用来形容人的行为或者言论前后不统一,做出来的事情相互抵触。

# 守株待兔

相传战国时期，宋国有一个农夫。正是春耕农忙的时节，他每天都扛着锄头去村口的地里劳动。春天的阳光并不强，但在太阳底下劳作，也照样让人累得气喘吁吁。农夫忙乎了一阵就汗流浃背，于是他放下锄头，跑去田头的树下喝水解渴。

这时，他看见一只小兔子从面前一闪而过，跑得飞快，好像正在躲避什么动物的追赶。他也没有在意，喝完水，回到农田，继续干活儿。

突然传来"咚"的一声，农夫惊得转头看去，发现那只兔子竟然一头撞在了自家田头的树桩上。农夫赶忙跑过去看，发现兔子已经没了气息。

农夫提起兔子左看右看，高兴得手舞足蹈，心里想着，已经好久没吃过这等美味了，何不现在就把这只兔子带回去，煮一顿兔肉吃，好好儿犒

劳犒劳自己？于是他活儿也不干了，收拾起自己的农具，喜滋滋地回家去了。

回家后，农夫赶忙生火烧水，把兔子给煮了，还给自己温了壶美酒。他一边吃肉喝酒，一边称赞兔肉的鲜美，好不快活。吃完兔子，他想：要是我每天都在树桩下守着，岂不是每天都有这么好吃的兔肉？既然每天都有兔子吃，我又何必每天那么辛苦地干农活呢？

于是第二天一早，农夫干脆坐到了那棵树桩旁，等着兔子撞死在树桩下。可是从日出等到日落，农夫一直没有等到。第三天，农夫还是没有等到。春去秋来，他始终没有等到再撞上树桩的兔子。

秋收的时候，其他农夫都在农田里收获自己劳动一年的成果，把多余的粮食存起来过冬。然而这个农夫却因为天天等兔子，荒废了一大片土地，只能饿着肚子过冬，成了全村人的笑柄。

[ 阅读点拨 ]

农夫意外地捡到了一只撞死的兔子，从此以后，他就天天等着兔子自己送上门来，结果把土地全都荒废了。由此可见，我们做事要灵活变通，千万不能墨守成规，也不能想着不劳而获，不然会和宋国的农夫一样被人耻笑。

# 心不在马

战国时期,赵国国主赵襄王酷爱驾驶马车,但苦于不懂其中的技巧。他听说有个叫王子期的人擅长此事,就将他叫来,请他教授自己驾驶马车的技术。

赵襄王学了几天,刚刚入门,就急不可耐地要与王子期进行比赛。比赛的过程中,赵襄王换了三次马,但三次都远远地落在了王子期的后面。

输了比赛的赵襄王觉得自己丢了脸面,有些气急败坏。他气哼哼地对王子期说:"先生既然同意教我,就应该倾囊相授,为什么还要留一手呢?先生这样做也太不厚道了。"

王子期听后,恭恭敬敬地说道:"大王误会了。驾车所有的门道技巧我都已经教给您了,只是您运用得不够娴熟罢了。"

"哦?"赵襄王听到王子期这样说,顿时一脸疑惑,"你且说来听听。"

王子期不慌不忙地说:"驾驭马车最要紧的,就是使马在车辕里觉得舒适自在,驾驶人的注意力要全部集中在马身上,这样车的速度才能提上去,也能跑得远一些。而在今天的比赛中,您稍微落后于我,就拼命地鞭打马,想要赶上我,而一旦跑在了我前头,又怕我追上您,不时地回头观望。您不管是跑在前头还是落在后头，心思都放在我身上，一心只想赢过我。您这样做，如何还能顾及马呢？这就是您落后于我的原因哪！"

赵襄王听了，羞愧得满脸通红。从此以后，他只管认真地向王子期学习，再也不想输赢的事了。

注：另有成语"心不在焉"，出处不同，但也指不专心，精神不集中。

[ 阅读点拨 ]

赵襄王三次输给王子期，以为是王子期没有把技术都教授给自己。其实这都是因为他在比赛的时候只想着输赢，没有把心思放在驾驶马车上。做一件事情，就应该专心致志，将全部的心思都集中在上面，认真努力地将它做好。如果太过功利，一心只考虑个人得失，计较输赢，最终只会像赵襄王一样，招致失败。

# 涸泽之蛇

从前，有一片沼泽，旁边住着一群蛇。这年天旱，太阳连着晒了好几个月，一滴雨都不见落下来。沼泽里面的水一天比一天浅，沼泽周围的草木一天比一天枯黄，大地裂开了一道道缝隙，树木整天无力地耷拉着脑袋。终于，沼泽就要完全干涸了。这群蛇决定往有水的地方迁徙。

临行前，蛇们三三两两地结成伴，好在路上能有个照应。其中有条小蛇，跟一条大蛇结成了一队。

到了正午，其他的蛇都已经走了，它俩也准备上路了。这条小蛇虽然看上去不起眼，却极其狡猾。将要出发时，它对大蛇说："咱们要是和其他蛇一样，你走在前面，我尾随着你，人们看见了，就觉得这不过是蛇出行罢了。要是遇见了憎恨蛇的人，肯定会杀死咱们。"

"那怎么办呢？"大蛇一听着急了。

"依我看，如今只有一个办法才能保证我们的安全。我爬到你背上，衔着你的尾巴，你背着我走。人们见了，会以为我们是蛇神，从而生出敬畏之心，就不敢伤害我们了。"

大蛇一听觉得很有道理，于是它们就按照这种方式出发了。大蛇背着小蛇，小蛇衔着大蛇的尾巴，一路蜿蜒爬行，穿过大路，经过村镇。人们看见它们，果然以为是蛇神现世，都不敢细看，远远地躲开了。就这样，它们最终安全地到达了目的地。许多天后，当初见到它们的人还把它们当作神迹来议论呢！

## [阅读点拨]

生活中，有些人会通过玩手段、耍花招的方式得到好处。就像这两条蛇一样，明明只是蛇，却故弄玄虚，骗得人将它们当作神。所以我们要时时刻刻擦亮眼睛，凡事都要透过现象看本质，以免被耍花招的人蒙骗。

# 不识车轭

从前,郑县有个年轻人,他在街上闲逛时,偶然捡到一个车轭。他从来没有见过这种物件,不知道它叫什么。于是,他提着车轭去问邻居。邻居告诉他说:"这是一个车轭,把它套在牲口的肩颈上,就可以把牲口和车连接起来。"年轻人连连点头,说自己记住了。

第二天,年轻人在路上又见到一个车轭。他左看右看,觉得很新奇,又举着这个车轭去找邻居。

邻居看了看,告诉年轻人:"这个也是车轭,你昨天拿给我看的,和这个是同样的东西呀!"

年轻人听完非常生气，他一把抓起邻居的领子大喊道："昨天那个东西，你告诉我是车轭；今天这个东西，你还告诉我是车轭！你是不是欺负我没有见识？你竟然敢这样欺骗我，取笑我！"

于是，两人打作一团。

[阅读点拨]

这个寓言故事告诉我们，在学习中要懂得举一反三，对于不会的知识应谦虚请教，绝不能不可一世、蛮横无理。

# 二人相马

伯乐是春秋时期的人，全天下人都知道他善于相马，许多人慕名而去，跟他学习相马。伯乐有两个徒弟，其中一人粗心大意，经常出差错。

这天，两个人去赵简子的马棚里看马。那个粗心的徒弟指着其中一匹高头大马对赵简子说："您看，这匹马就爱踢人，您可要小心哪！"他笑呵呵地走上前去，冲那匹马打了个招呼，又绕到马身后继续说："看好了，它马上就要发怒了。"

这人试探性地伸出手去摸马的屁股，做好了随时跳开的准备，没想到摸了几下，马儿竟然毫无反应。他疑惑地拧起了眉毛，又放开胆子摸了好几下，马儿依旧在大吃大嚼，只是时不时烦躁地扭扭身子，摇摇尾巴。这

人尴尬地挠挠头,说:"看错了看错了,这匹马不踢人。"

同伴走过来,仔细看了看,说:"其实你并没有看错。"这人不解地问:"那它现在怎么变得这么好脾气,都不踢人了呢?"同伴抚摸着马鬃说:"你没发现这匹马受伤了吗?"这人将马从头到尾细细地看了半晌,拍着大腿说:"哎呀,这家伙的肩和膝盖都伤着了,尤其是膝盖,肿得厉害呢!"同伴哈哈一笑,说:"这就对了。这匹马是爱踢人,但踢人的马习惯把重力移到前腿上,然后抬起后腿。现在它前腿的膝盖肿了,不能负担重量,因此就没法抬起后腿踢人了。你善于认会踢人的马,却不善于认肿的膝盖呀!"

[ 阅读点拨 ]

马儿平时爱踢人,但膝盖受伤后,就不能踢人了。故事里这位粗心的徒弟没有认真观察这匹马,仅凭片面的看法就匆忙做出判断,结果出了岔子。由此可见,只有全面、细致地看问题,才能做出准确的判断。

# 智子疑邻

宋国有一个富人,逢人就说他人生中两件最大的幸事,一件是挣下了数不完的家产,一件是生了个头脑聪明的儿子。

这天清早,突然有乌云从四面八方席卷而来,转眼之间,滂沱大雨倾盆而下。这场大雨使得好多房屋都遭了殃:有些穷苦人家的屋顶本就是漏的,家里面一片汪洋;还有些本就摇摇欲坠的小屋直接被冲垮了;富人家的屋子筑得牢固,只有那堵土筑的围墙被冲毁了。富人站在坍塌的土墙边,愤愤地骂了几声造孽的老天,琢磨着等天气彻底晴好了,再请人来修。

富人的儿子劝道:"爹,咱们家钱财丰厚,难免被人惦记上。以前没有失窃的事情发生,是因为这围墙筑得高,现在墙塌了,盗贼进来就方便多了,咱们得赶紧修好才行。"邻居一个老汉也走过来劝道:"就是就是,你们家这么有钱,抓紧修,防小偷咯。"富人点点头,笑呵呵地拍了拍儿子的肩,说:"我儿子考虑事情就是周到。现在湿答答的不好动手,等天晴了,我马上就叫人来修。"

没想到,就在这天晚上,富人的家里就进了贼,丢失了很多财物。他

视钱如命，气得大骂盗贼，差点昏厥过去，他儿子给他顺了半天气才让他缓过来。他紧紧地抓着儿子的手，说："儿啊，还是你聪慧机敏，有先见之明，知道围墙一塌，肯定会有贼盯上咱们家。"他喘了几口气，又说："我知道了，肯定是邻家那老头偷的。今天他还假惺惺地附和你，让我修围墙防贼，他哪有那么好心，肯定是他听了你的话后动了心思，趁着墙还没修好，把咱们家的东西给偷了。"

[ 阅读点拨 ]

明明是相同的话，富人夸奖儿子有远见，却怀疑邻居偷东西，这完全是根据亲疏关系来评判的，没有任何依据和道理。我们要理智地看待人和事，不要抱着偏见去对待别人，才能做出正确的判断。我们在给人提意见时也要考虑亲疏关系，还要考虑那人是否心胸宽广，否则好心反而会被误会。

# 曾子杀猪

"吾日三省吾身：为人谋而不忠乎？与朋友交而不信乎？传不习乎？"你知道这句话是谁说的吗？没错，就是我们本篇文章的主人公——曾子。曾子，名参，字子舆，春秋末期鲁国人，是孔子晚年的弟子之一。作为儒家学派的重要人物，他信奉忠恕之道，讲求"仁"与"礼"，不仅对待父母十分孝顺，对待孩子也常常以身作则，树立了一个值得学习的好榜样。

有一天，曾子的妻子要去集市上买东西，临走时，儿子跑过来，紧紧拉住她的衣角，大声哭闹着不让母亲离开。妻子只好哄他："你别闹，要是你能乖乖等我回来，我就为你杀一头猪吃。"儿子听了，果然安静下来坐在家中等待。

等到正午时分，妻子从集市中回来，刚一进家门，就看到曾子抓着一头猪正准备杀掉。她马上制止丈夫，说："我只不过

和小孩子说着玩罢了，你怎么真的杀猪？"

曾子严肃地回答："不能和孩子开这种玩笑。人小的时候没有分辨能力，他们都是靠父母的教导来学习各种事情。你今日欺骗他，就是在教他骗人。做母亲的欺骗孩子，以后孩子便不会再相信你，这不是教导孩子的正确方法呀。"于是，曾子把猪杀掉，按照承诺给儿子煮了猪肉吃。

[ 阅读点拨 ]

曾子用实际行动教育孩子，做人要言而有信，不能因为眼前的一点小利益而欺骗孩子，教孩子变坏。父母是孩子的启蒙老师，对孩子的成长会产生很大的影响，所以一定要给孩子树立良好的榜样。

# 棘刺母猴

战国时期，燕国的国王特别喜欢小巧玲珑的手工艺品，就命人到宫外四处寻找能工巧匠。有一天，一个卫国人来到燕王面前拍着胸脯说道："大王，小的可以在荆棘刺上雕刻出母猴。"

燕王一听大喜过望，便将他留在宫中，并让他享受外出时可以有五辆车的官员的待遇，好吃好喝地供养他。过了不久，燕王就问这个卫国人："能不能让本王看看你雕刻在荆棘刺上的母猴呢？"

卫国人说："大王如果想看，就得按照我说的两个条件去办。其一，大王在这半年之内都不能踏入后宫和你的妃嫔相处。其二，大王在此期间不能喝酒，也不能吃肉。如此照办，再挑一个雨后天晴的日子，等太阳刚刚出来的时候，在若明若暗的光线中，才能看到那雕刻在荆棘刺上的母猴。"

燕王虽然觉得这两个条件都极为苛刻，但为了看到这个卫国人的手艺，自己只能老老实实地照做。同时，他还继续用锦衣玉食供养着卫国人。然而，燕王还是没能亲眼看到这人的雕刻绝活儿。

郑国有个为君王打铁的铁匠听到这个奇闻，不禁觉得好笑。于是他来到燕王面前说："大王，小的是能够打造雕刻刀的铁匠。不论雕刻多么精巧

微小的东西，那都需要用到雕刻刀。而且，雕刻的东西必然要比雕刻刀的刀尖大。荆棘的尖刺是如此小，根本没有与之相匹配的雕刻刀，又怎么可能在荆棘刺上雕刻出母猴呢？所以，大王只要去看看那个卫国人是否有这样一把雕刻刀，就知道他究竟有没有说实话了。"

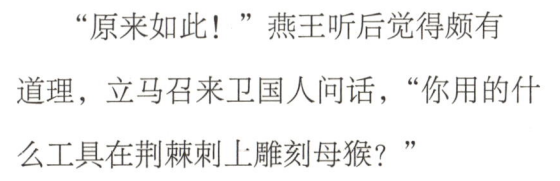

"原来如此！"燕王听后觉得颇有道理，立马召来卫国人问话，"你用的什么工具在荆棘刺上雕刻母猴？"

卫国人答道："自然是雕刻刀了。"

"那么把你的雕刻刀拿给本王看看。"

卫国人一听这话吓了一跳，连忙说："请大王允许小的去拿一下我的雕刻刀。"他回禀完就借口离开，仓皇而逃，再也没了踪影。

[ 阅读点拨 ]

这个故事中的卫国人本来想借着一个谎言永远在宫里混吃混喝，不想最后被揭穿了。所以，纸是包不住火的，再完美的谎言，总有一日也会被揭穿，切记不能够撒谎。

中国寓言故事

# 画鬼最易

一天,齐王请来了一位画师为自己画像。这位画师对着齐王略做打量,便挥毫落纸,一气呵成,只见画中的齐王容光焕发,气度非凡。

齐王对他赞不绝口,又问他:"画了这么多年,画了这么多东西,你倒说说,这世上什么东西是最难画的?"

画师回答道:"大王,我画画到现在,要说最难画的莫过于狗和马。"

齐王疑惑地看着画师,又问道:"那最容易画的东西又是什么呢?"

画师说:"鬼魅一类的东西是最容易画的。"

齐王觉得奇怪:"哦?画狗和马最难,反而画鬼最容易。我从来没有听说过这样的话,你倒告诉我,这是什么道理?"

画师慢悠悠地说:"马和狗这样常见的动物,我画错一点点就会被人看出问题。然而鬼就不同了,在座的各位有谁见过?我想都没有吧?所以画鬼时我可以自由发挥,想怎么画就怎么画,谁都不能证明我画得不好。所以说啊,画鬼最容易。"

画师说完,齐王和侍从们都忍不住哈哈大笑,大家都觉得画师说得非常有道理。

[ 阅读点拨 ]

在画师看来,常见的狗和马是最难画的,而没人见过的鬼是最简单的。可见如果没有一个切实的标准和确定的规范,那么大家就会各行其是,甚至还会有人浑水摸鱼。

# 狗猛酒酸

春秋战国时期，宋国有个卖酒的人，他待客细致周到，量酒从不缺斤短两，酿的酒更是醇厚甘美，香飘十里。他的店门前还挂着高高的酒幌子，客人远远就能看到。

然而奇怪的是，他家的酒却总是卖不出去。放的时间长了，酒都变酸了。卖酒人很困惑，一直想不出个所以然来。最终，他决定向住在同一巷子里的老者杨倩问询一番，因为那个人一向很有见解。

得知卖酒人的来意后，杨倩问他："你家门口是不是拴了一条大狗？"卖酒人说："是呀，那狗凶着呢，夜里可以防贼。"说到这里，他疑惑起来："老先生问这个干什么，这狗跟卖不出去酒有什么关系呢？"杨倩听后抚须大笑了一阵，说："你有所不知，你家的酒浓郁香醇，这是大家都知道的。上次有个朋友来探望我，被你家的酒香吸引，我俩刚到你家门前，那条大狗就凶猛地狂叫起来，吓得我二人转身就跑。后来我一打听，其他人也是如此。有的大人让小孩提着壶上你家买酒，每次都被那条大狗吓退了。久而久之，也就没人敢来了。"

卖酒人听后，恍然大悟，回去就把大狗拴到了别的地方。从此，他家的生意兴隆了起来，酒再也没有放到变酸过。

[ 阅读点拨 ]

　　古代的朝廷中，只要奸臣佞人当道，那些真正为国家着想的贤能之臣就很难亲近君王。君王远离贤臣，听不见忠言良策，久而久之，这个国家就会衰弱下来。在人类的各种群体中都是如此，如果坏人当道，就像那条大狗堵在店门口，买酒的人买不了酒，卖酒人生意也就萧条了，这个群体也将不会有良好的发展。

# 目不见睫

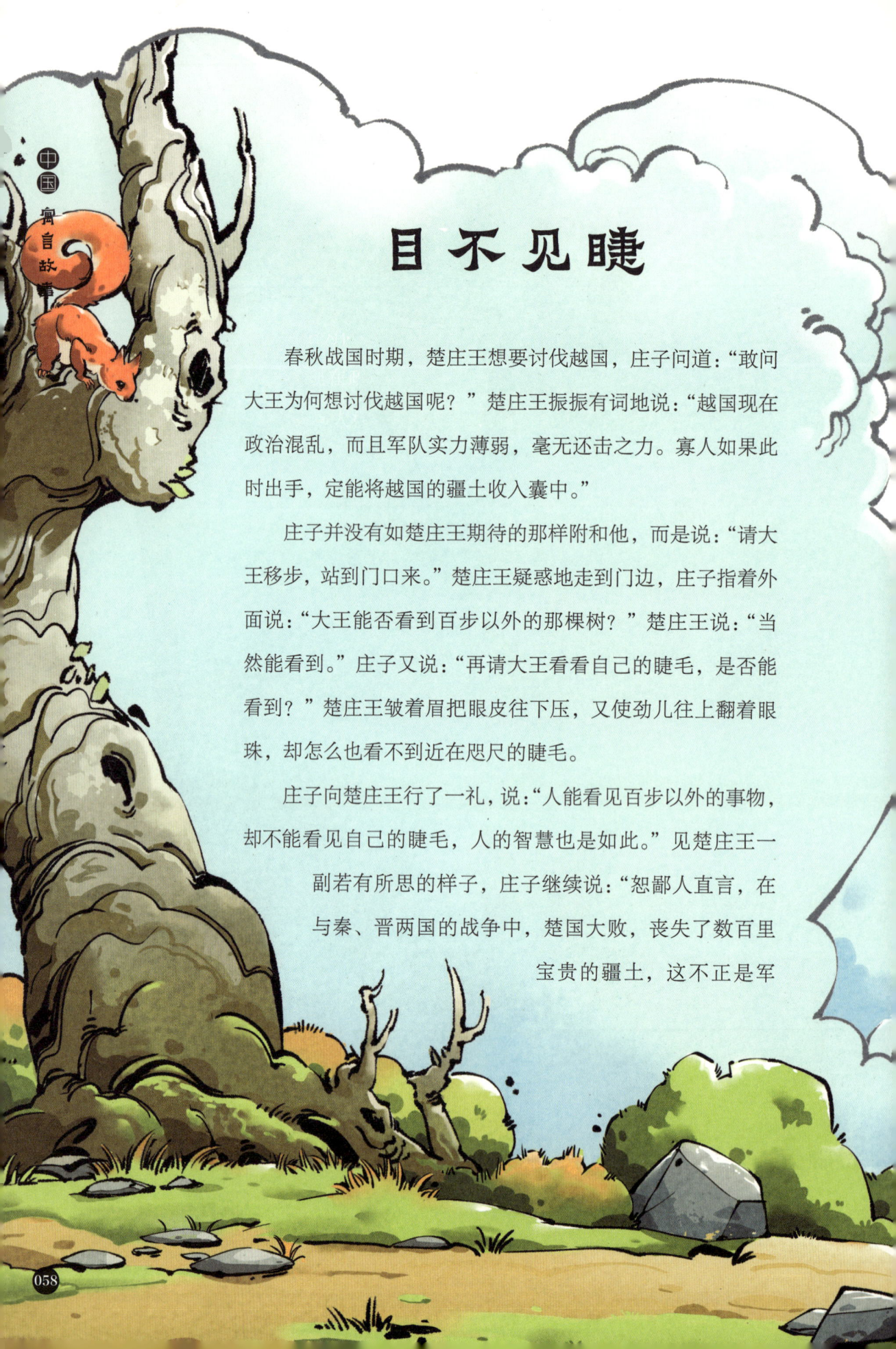

中国寓言故事

春秋战国时期，楚庄王想要讨伐越国，庄子问道："敢问大王为何想讨伐越国呢？"楚庄王振振有词地说："越国现在政治混乱，而且军队实力薄弱，毫无还击之力。寡人如果此时出手，定能将越国的疆土收入囊中。"

庄子并没有如楚庄王期待的那样附和他，而是说："请大王移步，站到门口来。"楚庄王疑惑地走到门边，庄子指着外面说："大王能否看到百步以外的那棵树？"楚庄王说："当然能看到。"庄子又说："再请大王看看自己的睫毛，是否能看到？"楚庄王皱着眉把眼皮往下压，又使劲儿往上翻着眼珠，却怎么也看不到近在咫尺的睫毛。

庄子向楚庄王行了一礼，说："人能看见百步以外的事物，却不能看见自己的睫毛，人的智慧也是如此。"见楚庄王一副若有所思的样子，庄子继续说："恕鄙人直言，在与秦、晋两国的战争中，楚国大败，丧失了数百里宝贵的疆土，这不正是军队软弱导致的吗？庄蹻这个猖狂盗贼在楚国境内横行，官吏们却不能将他抓捕归案，这难道不足以说明政治混乱吗？"庄子见楚庄王涨红了脸，不等他争辩，又说："大王，现在楚国政治之混乱、军队之软弱，并不在越国之下。您只看到越国的种种弊病，一心想要去讨伐越国，却看不清自己国家的处境，这跟您看不到自己的睫毛是一样的呀！"

楚庄王沉默了许久，觉得庄子说得很有道理，就放弃了讨伐越国的计划。

注：庄子和楚庄王并非同时代人，此故事可能出于韩非子杜撰。

[ 阅读点拨 ]

楚庄王认为越国国力疲弱，正是自己进攻的好时机，却没有看到楚国内部同样也很混乱。由此我们可以知道，明白事理的困难之处不在于看清他人的处境，而在于认清自己的状况。能看到自己不足的人，才是真正明智的人！

# 刻舟求剑

一次,一个楚国人乘船前往大江的另一边。突然一个浪头打来,船身摇晃了一下,楚人脚下一个踉跄,手一抖,佩剑掉进了江水之中。

这把剑可是他花重金买来的爱物,楚人又惊又急,拍着船舷懊丧地叹息了几声。船夫安慰他:"别着急,一把剑而已,再买一把就是了。现在船在江心,水深得很,你可不能下去捞。"听了他的话,楚人灵机一动,忙找来刻刀,在船舷上刻了个记号,心想:这是刚才我的剑掉下去的地方。江心水深,无法捞剑,等船到了江边,我再顺着记号去捡就行了。

船在江面上不急不缓地行驶着,楚人在船上优哉游哉地看着风景,想到自己竟然想出了那么巧妙的主意,不由得沾沾自喜。船到江边,船夫准备停船。楚人让船夫帮自己看着行李和鞋子,然后嘱咐道:"您等一等,我

下水去捞佩剑，很快就上来。"说罢，他找准船舷上那个记号对应的地方，"扑通"一声跳入江中。

　　楚人在水里泡了半天也没找到佩剑，只得垂头丧气地上岸了。他怎么也想不明白，明明剑是从船舷的那个位置掉下去的，现在怎么找不着了呢？他哪知道，船在移动，但剑还在原地，按他的方法能找到才是怪事哩。

[ 阅读点拨 ]

　　佩剑落水之后就会沉底，怎么可能随着船一起移动到岸边呢？楚人在船靠岸之后，顺着之前刻下的标记去寻找佩剑，这是多么愚蠢的行为啊！可见，做事情不能墨守成规，刻板而不懂变通，而要用发展的眼光看待问题。

# 穿井得一人

春秋战国时期，宋国有户姓丁的人家。这家所在的村子坐落在半山腰上，山下有条小河蜿蜒流过。村里几乎每家都有一口水井，井水用来洗衣做饭，灌溉禾苗。只有这户姓丁的人家没有水井。因此，他家的一切用水都依赖着山下的那条河流。丁家的儿子每天山上山下地来回挑水，既要填满家里的水缸，又要浇地，往往一整天都奔波在外面。其他的活只好都由老夫妻两人来做。

这一年的农闲时节，丁家父子俩决定开挖一口水井。两人很快就忙活了起来，一个负责挖掘，一个负责取土。挖出水之后，

又运来石头加固井壁。他们就这样夜以继日地干了整整两个月之后，水井终于建成了。

有了水井之后，丁家的日子轻松了许多。儿子再也不用去山下挑水了，他帮着老两口把家里家外的活儿都做得妥妥帖帖的。一口水井等于给丁家带来了一个劳动力。丁老头在村子里与人闲聊时，乐呵呵地说："我们家今年挖了口水井，得了个人力。"

旁边一个耳背的人把这句话听成了"挖了口水井，得了个人哩"。他心里暗暗吃惊，以为丁家父子挖出了个活人来。这之后，他逢人便说："你知道吗？丁家挖水井挖出了个活人。""怎么可能呢？"听的人起先并不相信。"是真的，这可是我听丁老头亲口说的。"大家听到这里，也就相信了。

于是，这件事一传十，十传百，很快就传遍了整个宋国。宋国的国君也听说了，他想："挖井怎么能挖出一个活人来呢？"仔细思考后，他觉得这件事还是认真对待为好，便派了一个人去向丁老头问清楚。丁老头得知这个谣传之后，真是哭笑不得。他答道："我当初说的是挖井让我们家多得了一个人力，而不是得了一个人。"像这样的传闻，还不如不听。

[ 阅读点拨 ]

"挖水井挖出一个活人"，这件事听起来是多么荒唐啊！可是说的人多了，信的人也就多了。谣言止于智者。听到传言我们一定要先认真思考、仔细辨别，而不是以讹传讹、人云亦云。

# 掩耳盗铃

春秋末期,晋国的贵族范氏被别的家族打败后,逃往了外地。

范氏一家走后不久,有个平民百姓偷偷地溜进了范家住宅。这个人平时就爱干点偷鸡摸狗的勾当。他听说范家举家逃走后,就想来看看有没有什么遗落下来的器具财物。

平民进了范家不久,就找到了一口青铜大钟。这口钟原本是范家开饭时,敲响它用来通知各屋的人过来吃饭的。它造型宏丽,图案精美,是由上好的青铜铸造而成的。平民看见这口钟兴奋极了,心想这要是拿去卖,肯定能发一笔大财。

说干就干！平民找来一截绳子，将大钟仔细地捆好，打算先将它背回家去，再找个合适的时机卖掉。结果他发现这钟又大又沉，怎么背也背不起来。

"好不容易碰到的发财机会就要这样放弃吗？"平民心里非常不甘心。

这时，他突然看见不远处有一把锤子，于是灵机一动，办法来了。他打算用这把锤子将大钟敲成碎片，这样一回背不完，可以背两回，两回背不完，可以背三回……这么好的青铜碎片背回去也能卖好些钱呢。于是，他抡起锤子，拼尽全力向着钟砸去。"嗵——"青铜大钟发出一声巨响，这声音既雄浑有力，又回荡悠长。平民心里一惊，这声音要是被别人听见了，自己在这里偷钟的事不就败露了吗？想到这里他吓坏了，不敢再听下去，急忙用手将耳朵紧紧捂住。没想到这一捂，令他恐惧的钟声竟然听不到了。平民高兴起来，自己竟在无意中发现了个好办法：只要把耳朵捂住，就听不到钟声了。于是，他用东西将耳朵塞住，放心地砸起钟来。一声又一声，钟声响亮地传开来。人们听到钟声，蜂拥而至将他抓住了。

注：成语原为"掩耳盗钟"，后逐渐演变为"掩耳盗铃"。

### [阅读点拨]

这个偷钟的平民害怕钟声被别人听到，因此捂住耳朵，以为自己听不到，钟声就不存在了，这是多么荒谬啊！因此，人们做事时，面对出现的问题，一定要正视它，从根源上解决它。如果只是一味地掩盖，则犯了和这位盗钟之人一样自欺欺人的错误啊！

# 疑邻窃斧

从前有一个人，发现自己用惯了的一把斧子不见了，十分着急。他难过得茶不思饭不想，琢磨来琢磨去，怀疑是邻居家的儿子偷了自己的斧子。于是，他在暗地里仔细观察邻居儿子走路的步伐，觉得像极了小偷；他又看了看邻居儿子的神色表情，嗯，还是像小偷；再看看邻居儿子的言行举止，嗯，更像偷斧子的人了！

不久之后的一天，他无意之间找到了自己丢失的那把斧子。回到家后的某天，他又遇见了邻居的儿子，左看右看，都觉得人家不像小偷。是邻居的儿子突然变了吗？不是的，邻居的儿子并没有半分改变，变的是丢斧人的心态。

[ 阅读点拨 ]

　　丢斧子的人为什么前后的想法会发生那么大的转变呢？无非就是他自己被偏见蒙蔽了双眼。由此可见，我们在遇到难题时，一定要客观冷静地分析问题，不要将自己的主观偏见带入其中。只有实事求是，才能作出正确的判断。

# 牛缺遇盗

春秋战国时期，有一个名叫牛缺的人，他居住在秦国，是一位博学儒雅、声望极高的思想家。有一天，他驾着马车前往邯郸拜见赵国君主，半路中遇到了一伙强盗。强盗们凶神恶煞，开口就是索要牛缺行李里的财物，牛缺泰然自若，毫不犹豫地交给了他们。强盗见状，又索要他的马车和衣服，牛缺也痛快地交给了强盗。强盗心满意足，让牛缺离开了。牛缺没有马车，只能步行着往邯郸的方向走去，但他神色如常，丝毫没有表现出紧张与恐惧。

牛缺走后，几个强盗也驾着马车扬长而去，但其中一个强盗突然察觉到事情不对劲，在心里盘算道：这个人被拦路抢劫，可是他却既不反抗我们，也不

害怕我们，我从没见过这样镇定的人。于是，这伙强盗聚在一起商议道："看样子，刚刚这个人一定是一个天下闻名的贤能之士，如今我们这般羞辱他，他一定会在国君面前告发我们的行径，国君震怒之下必然会动用全国的力量诛杀我们，我们恐怕就要大难临头了！不如我们现在就去斩草除根。"于是，强盗们快马加鞭，一起追赶牛缺，追了三十里路，终于追上了他，并把他杀掉了。

[ 阅读点拨 ]

　　牛缺最后为什么还会被强盗追赶呢？因为他遇到抢劫时镇定的态度暴露了自己，让强盗对其产生疑惑，猜测到他一定不是寻常之人，因而心生忌惮。如果牛缺能随着局势和环境的变化而改变处事的方式，不让强盗看穿自己的身份，可能就不会落得这样倒霉的下场了。我们在生活中遇到犯罪分子的时候，要以自己的人身安全为前提，善于开动脑筋，趋利避害，以智取胜，才能保护自己。

# 澄子夺黑衣

春秋时期，宋国有个名叫澄子的人。有一天，他去集市上买东西，回来的路上觉得天气有些炎热，就将穿在外面的黑色夹衣脱了下来。等他回到家时，才发现衣服不知道什么时候丢了。澄子急忙原路返回寻找。这时，一个穿着黑色衣服的妇女走了过来。澄子见了，赶上去一把拉住妇女，就要扒下她身上的那件衣服来，嘴里还说着："这是我刚刚丢失的黑色衣服。"妇女吃了一惊，急忙说道："先生今天虽然丢了黑衣，但这件衣服的确是我的呀！这是我自己纺纱，自己织布，自己缝制的。"澄子却像没有听见妇女的话一样，丝毫没有松手。他紧紧地扯着那件衣服，说道："你别废话了！还是赶紧把衣服还给我吧。我刚刚丢失的那件是夹衣，你这件是单衣，以单衣来抵夹衣，你不是占便宜了吗？"

[ 阅读点拨 ]

澄子在明知道自己丢的是件夹衣，而妇女的这件是单衣的情况下，依然坚持要妇女赔偿自己的损失，这是胡搅蛮缠、无理取闹的表现。我们做事如果不能尊重事实，理智为先，就会和澄子一样荒唐了。

# 利令智昏

春秋战国时期，齐国有一个人，做梦都想得到金子。

这天清早，他穿好衣服，戴好帽子，到交易金子的地方去逛。走着走着，他瞥见不远处有人正捧着金子打量成色，便一个箭步冲上去，劈手将金子夺了过来。被抢的人大喊："青天白日的，这里有人抢金子啦！官爷，您来得正好，就是这个人抢了我的金子！"

官吏把抢金子的人抓住，捆绑起来审讯，围观的人议论纷纷："真是胆大包天，竟敢公然抢金子。""大白天的，这家伙不会是疯了吧？"

官吏问被抓的人："众目睽睽之下，你为何要抢别人的金子？"这人磕了个头，愁眉苦脸地说："老爷明鉴，小人当时眼里只有金子，根本看不到人哪！"

[ 阅读点拨 ]

抢金子的人只看得到金子，看不见人，可见利欲熏心的人往往会丧失理智，变得愚蠢，从而做出违法乱纪的事情来。

# 生木造屋

春秋战国时期，宋国大夫高阳应嫌自己家的房子不够宽敞，就打算新建一座。为了保证新房子的质量，他请了附近最好的泥瓦匠、木匠和石匠。建房地址选好之后，众人很快就开工了。高阳应一有时间，就亲自去现场监工。很快，地基打好了。没过多久，墙面也砌好了。用来做房梁的木材刚一送到，高阳应就催促木匠赶紧动工。木匠来到堆放材料的地方，摸了摸这批木头，只觉得光滑冰凉，还微微有些湿。他对高阳应说："现在还不是盖房顶的时候。这是最近才砍下来的木头，还没有晾干。湿木头质地柔韧，承重力差，如果抹上湿泥，一定会被压弯。用这样的木料做房梁，虽然房子刚盖成的时候看起来没什么异样，但是时间一久，就有倒塌的危险。"

高阳应听了，以为木匠是为了偷懒，故意这么说的。他冷笑了一声，说道："依你这么说，我这房子倒是肯定没问题了。"看见木匠一脸疑惑，高阳应得意扬扬地补充道："你刚说用了湿

木料，房子就容易倒塌，我看不然。木头越干则越坚固，抹在上面的湿泥越干则越轻。以越来越坚固的木头承受越来越轻的泥，这房子还能倒塌吗？"

木匠听了，苦笑一声，无话可答。他只好按照高阳应的吩咐去做。房顶很快就盖好了。新房子入住的那天，高阳应大摆酒席，宴请宾客。来宾们纷纷称赞这所房子坚固结实、宽敞大气。高阳应听了，心中十分得意。没想到刚住了半年，房梁就变形了。高阳应眼看着房梁越来越弯曲，心中后悔不已。为了安全起见，他和家人只好搬了出去。不久后，房子果然倒塌了。

[ 阅读点拨 ]

无论做什么事，都一定要遵循客观规律。如果像高阳应一样，置客观规律于不顾，一味地任性蛮干，最终只能品尝苦果。

# 黎丘丈人

在大梁的北部，有一座叫黎丘的小山，山上住着奇怪的鬼，喜欢装扮成别人的儿子、侄子、兄弟的样子去戏弄、陷害别人。

这天，村中的一个老人到街市上喝酒，喝得醉醺醺的，深一脚浅一脚地往家里走。黎丘的鬼一看可以捉弄人了，喜上眉梢，装扮成老人儿子的样子上前打招呼："爹，您怎么醉成这样，我扶您回去。"黎丘鬼扶着老人，暗地里却施法使坏，一会儿走向泥坑让老人摔一跤，一会儿又把老人拽到荆棘丛里扎得他满身是伤，让老人苦不堪言。

老人千辛万苦地回到家，酒醒后，正好看见儿子进屋来，怒气一下子冲上了脑门，指着儿子骂道："你这个不孝子，你竟然趁着我喝醉，在路上折磨我，你的良心到哪里去了？"儿子愣了，跪下来磕头哭喊："父亲，儿子冤枉！昨天我去村东向人讨债去了，根本没去接您，您如果不信，可以去问欠债的人！"老人冷静下来，细细想了想，恍然大悟，拍着大腿说："啊，我知道了，肯定是黎丘鬼在作怪。我早就听说过这害人精的事儿，醉糊涂了，脑子没转过弯来。"

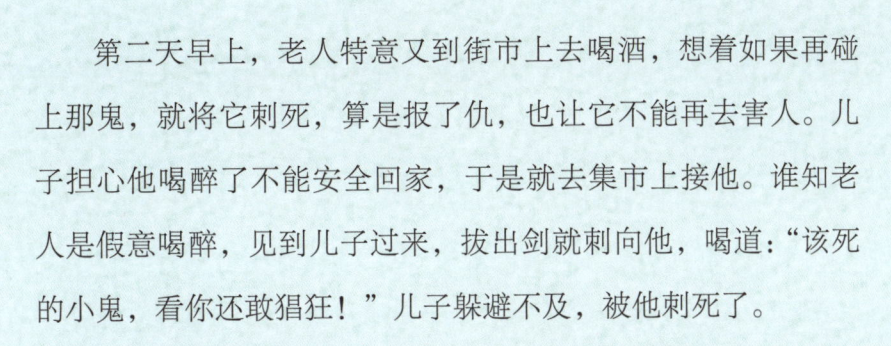

第二天早上，老人特意又到街市上去喝酒，想着如果再碰上那鬼，就将它刺死，算是报了仇，也让它不能再去害人。儿子担心他喝醉了不能安全回家，于是就去集市上接他。谁知老人是假意喝醉，见到儿子过来，拔出剑就刺向他，喝道："该死的小鬼，看你还敢猖狂！"儿子躲避不及，被他刺死了。

老人被黎丘鬼惑乱了心智，竟然杀死了自己真正的儿子。这就好比那些被假贤士搞糊涂的人，见到真贤士反而辨认不出来了。

[阅读点拨]

平时我们遇到辨不分明的人或事，必须仔细考察。如果发现一些可疑的迹象，一定要找熟悉这类事物的人为我们解惑。

# 表水涉澭

春秋战国时期，楚国人想要偷偷对宋国发起袭击。为了做好充足的准备，避免打草惊蛇，楚国事先派人测量了袭击途中必须要经过的澭水的深度，并细心地做了标记。谁知澭水在他们发动袭击前夕突然水位猛涨，楚国人没有察

觉到这一变化，仍然沿着原来的标记，趁着月黑风高偷偷徒步过河，结果这一下水，就淹死了一千多个士兵。幸存的兵将见此情况，都吓得魂飞魄散，军心就像崩塌了的房屋一样全部瓦解。

如果濉水没有发生变化，那么楚军按照原来做的标记，完全可以成功过河。但是后来水位明显上涨，楚军仍然按照原先的标记过河，当然伤亡惨重了。

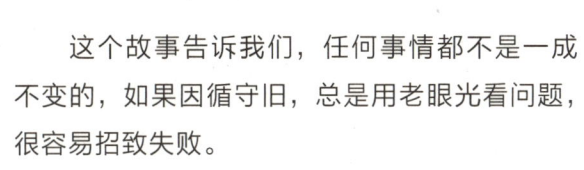

[ 阅读点拨 ]

这个故事告诉我们，任何事情都不是一成不变的，如果因循守旧，总是用老眼光看问题，很容易招致失败。

中国寓言故事

# 次非斩蛟

　　楚国有一个叫次非的人，在干遂得到了一把宝剑。次非很喜欢这把宝剑，在乘船渡江返回的途中，站在甲板上，忍不住又把新得的宝剑拿出来看。

　　船驶到江心，突然波涛汹涌，连船身都晃动起来。次非定睛一看，只见江面上跃出了两条蛟龙，正围在小船两侧追赶呢。掌舵的船夫大叫一声不好，苦着脸说："我这是什么运道，竟然遇到两条追船的蛟龙,这下可不得了了。"船上的乘客也慌成一团,哭声、叫声此起彼伏。

次非问船夫:"你们急什么?遇见两条蛟龙就活不成了吗?"船夫拍着大腿、拖着哭腔说:"我在水上漂了这么多年,见过、听过不少事情,但凡遇到蛟龙缠船,船必定要翻哪!江心水深,这一船人哪还能活命呢?"

次非听他这么一说,怒向胆边生,挽起袖子,"唰"的一下拔出剑来,指着江面的蛟龙说:"大胆孽畜,不过是江中的腐肉朽骨而已,竟想害这一船人的性命。我一生惩奸除恶无数,从未胆怯后退过。今天我就舍了这条命、这把剑,和你们这两条孽畜斗上一斗!"

说罢,次非握紧宝剑跳入江中,和两条蛟龙展开了搏斗。船上的人看不清水里的战况,只见江上波浪翻涌,蛟龙的长啸声和次非的怒吼声不断传来。过了很久,次非终于爬上船来,气喘吁吁地说:"总算把那两条孽畜给结果了,大家放心,你们不会再有性命之忧了。"

楚王听说这件事后,认为次非勇猛可嘉,封他做了官。

[阅读点拨]

次非面对贪婪的蛟龙无所畏惧,宁愿舍身以救众人,勇敢地斩杀了蛟龙,保住了船中所有人的性命。这个寓言告诉我们在遇到恶势力时,一味退缩只会让对方变本加厉,而就地还击反而有可能赢得转机。

# 宣王好射

战国时期，齐国的国君宣王酷爱射箭。只要有机会，他就会在众人面前露一手。他最喜欢听人夸他力大威猛，能拉强弓。其实他常用的那把弓只需要用三石力气就能拉开了。但是大臣们为了讨齐宣王欢心，都对此事心照不宣，反而经常夸赞他臂力过人、箭术高超。

有一天，齐宣王心情大好，又命人拿来自己的弓箭，在群臣面前卖弄起来。只见他拉开弓弦，箭无虚发，底下的人纷纷叫好。宣王连射几箭，过足了瘾之后，就将自己的那把弓传给大臣们，让他们好好地试一试。大臣们拿着弓，个个都装出使尽了全力的样子，弓只拉到一半，就都推说拉不开了。接着，他们齐声赞叹道："要拉开这把弓至少得用九石的力气呀！这样的强弓只有大王这样的神力才能拉开。我等庸常之辈望尘莫及。"齐宣王听了，越发高兴了，忙叫侍从取出奇珍异宝，分赏给这些大臣。从此以后，齐宣王就越发频繁地听到别人夸赞他"神力""神射"之类的话了。

齐宣王虽然只能拉动三石的弓，但在这群大臣的吹捧下，他终生都以为自己能够拉动九石的弓。这难道不够悲哀吗？三石是事实，九石不过是虚名。齐宣王因为喜欢虚名而被人所欺！

[阅读点拨]

听真话是多么重要！如果一个人只听恭维的假话，只接受盲目的追捧，那么长久下去，他就很难正确地认识自己，从而无法取得进步。反之，听真话则会让人认识到自己的不足，从而及时弥补，得到真正的提升与完善。此外，我们不仅要听真话，还要敢于说真话，不能因为畏惧权威，或为了一己私利而说假话。

# 狐假虎威

从前,有一只老虎肚子饿了,就在森林中寻找各种能吃的动物。一只狐狸不幸被它抓到,即将成为老虎的盘中餐。

狐狸见状,对老虎大声喝道:"你不能吃我!我可是上天指派的百兽之王,统领所有动物。你如果把我吃掉,就是违抗上天的命令,和老天爷作对!"

老虎才不相信狐狸的话,张开血盆大口,准备痛痛快快地享受眼前的美味。

狐狸又喝道:"看来你根本不相信我说的话。你先别着急吃了我,我这就证明给你看。"

老虎这下被狐狸说得有些犹豫,愣在了那里。狐狸连忙补充道:"你这就跟在我后面一起出去走走，看看森林里的动物们看见了我，是不是都吓得落荒而逃。"

老虎心里嘀咕着：真不知道这家伙说的是真是假，算了，姑且忍一忍，跟它走一遭。于是，老虎就跟在狐狸后面，一起在森林里溜达起来。只见途中遇见的所有动物，看到它们后都四处逃窜。狐狸得意地说："我没骗你吧，我真的是上天派来的百兽之王。"老虎只能忍着咕咕叫的肚子，把狐狸放了。然而它并不知道，那些看到它们撒腿就跑的动物，真正害怕的并不是狐狸，而是老虎自己。

[ 阅读点拨 ]

狐狸凭借着身后老虎的威风，把一路遇到的动物都给吓跑了。但是它终究只是狐狸，等到把戏被拆穿的那一天，它就会立刻被打回原形。如今，人们常用"狐假虎威"这一词语来比喻像狐狸一样仗着别人的威慑力来欺压别人的小人。

# 惊弓之鸟

战国时期，齐、楚、燕、韩、赵、魏六国决定联合起来，以"合纵"的政策对抗强大的秦国。有一天，赵国派使者魏加到楚国去商谈结盟之事。魏加拜见楚相春申君，劝谏道："得知楚国要派临武君担任抗秦的主将，我认为他不是合适的人选。我小时候喜欢射箭，所以请让我用一个射箭的故事来打比方，您看可以吗？"春申君同意了，魏加便娓娓道来：

从前，魏国有个赫赫有名的神射手，名叫更羸。有一天，更羸和魏王在城墙上聊天，抬头看到有鸟儿从空中飞过。更羸对魏王说："我只拉弓不射箭，就能把天上的鸟儿射下来。"魏王听了半信半疑，问道："真的吗？你还有这么厉害的本事？"更羸胸有成竹地回答道："您一看便知。"

过了一会儿，一只大雁从东边飞过来，更羸目不转睛地盯着大雁，左手稳稳地举着弓身，右手用力地拉满弓弦，只听"砰"的一声，这只大雁竟真的从空中掉了下来。魏王惊奇地问道："你的射箭技艺真是精湛极了！到底是如何做到的？"更羸笑着回答："不是我的技艺高超，是因为这只大雁受过箭伤。"魏王更加惊讶了，问道："你是怎么知道它受过箭伤的？"更羸解释说："我观察到，这只大雁飞得很慢而且叫声凄厉。飞得很慢是因为它的翅膀受了伤，非常痛苦；叫声凄厉是因为它离开同伴太久了，孤单无助。它的伤口还没有愈合，对于弓箭的恐惧仍非常强烈，所以听到弓弦的声音就会拼命鼓动翅膀，想要飞得更高，可旧伤也因此发作，就会坠落于地。"

魏加说罢，向春申君拱手作揖道："临武君曾被秦国打败过，就像这只大雁一样，心中的创伤久久不能痊愈，因此并不适合担任主将啊！"

## [阅读点拨]

大雁旧伤未愈、心中惊惧，才会被弦声吓到，应声落地。俗话说："一朝被蛇咬，十年怕井绳。"受过惊吓的人如果再次遇到类似的情形，还是会惶恐不安，这启示我们遭遇挫折之后，不能处在惧怕和逃避之中，这样只会再次被挫折击败，要勇敢地走出阴影，战胜恐惧，笑对人生。

# 南辕北辙

战国时期，魏国国王打算攻打赵国的都城邯郸。他的谋臣季梁正在外执行任务，听说了这件事后，急忙调转马车赶回魏国。季梁马不停蹄地赶了两三天的路，回到魏国时灰头土面，衣服也皱得不成样子了。但是他来不及梳洗和换衣服，一下马车，就直奔魏王而去。

魏王此时正在地图前与其他大臣商议攻打方案，见季梁急急忙忙地走进来，非常奇怪，问他道："你不是已经出魏国了吗？怎么又回来了？"

季梁并没有回答魏王的问题。他擦了一把脸上的汗，定了定神后，说道："今天臣在赶回来的路上，看到一辆马车行驶在前面，正往北方去呢。我追上去问了一句：'这是要去哪里呀？'坐在马车里的人掀起帘子，答道：'我要去楚国。'我一听，心里很疑惑，这不是去楚国的方向啊。于是我问他：'您要去楚国，怎么往北面走呢？'他答道：'我的马好。'我一听，更

觉得迷惑不解了，便说：'您的马虽然好，但这不是去楚国的路啊。'他又满不在乎地说：'我带的盘缠多。'我说：'您的盘缠虽然多，但这不是去楚国的路啊。'没想到他还是不以为意，说道：'我的车夫很会赶车。'我听了，真是哭笑不得。他不知道自己这些条件越优越，最后只会离楚国越远啊！"

魏王听到这里，沉下脸来道："你放下任务半路赶回来，就是为了给我说这个吗？"

季梁这才神情严肃地说道："大王，您即位以来，宵衣旰食，励精图治，以求国家富强，人民安乐。您一举一动都是为了称霸天下，取信四海。现在您仗着国家富有、兵强马壮，去攻打邯郸，以扩充大魏疆土，抬高您的威望。殊不知您越是这样做，离统一天下、成就霸业的目标就越远，就像那位路人要去楚国却往北走一样啊！"

[ 阅读点拨 ]

魏王想要通过不义的战争来达到统一天下的目的，就好像要去楚国却往北方走一样，最终不仅不能称霸，反而会失去民心。我们做事前一定要看准方向，才能发挥优势达成目标。如果连方向都搞错了，那么越努力只会离目标越远。

# 鹬蚌相争

战国时期,赵国的国君赵惠王打算攻打燕国。为了保住燕国,苏代想出了一个计策。他和赵惠王在一起喝酒闲聊,聊到兴头上时,他忽然说:"今天微臣过来,路过易水,遇到了一桩趣事,大王可想听一听?"赵惠王好奇,催促道:"苏先生快快说与寡人听。"

苏代绘声绘色地说:"今天天气很好,臣在易水边看见一只河蚌从水里出来晒太阳。突然一只凶巴巴的水鸟飞过来,想啄河蚌的肉吃。没想到那河蚌机敏得很,马上闭拢蚌壳,死死地夹住了水鸟的嘴。"听到这里,赵惠王兴致大增,说:"蚌壳竟然夹住了鸟嘴,真是闻所未闻哪!"

苏代接着说:"人们常说万物有灵,臣还不信,没想到那两只小东西竟然说起人话来了。那水鸟阴阳怪气地说:'今天不下雨,明天不下雨,就要有干死的河蚌咯!'河蚌也不甘示弱,说:'今天你的嘴出不去,明天你的嘴出不去,就要有饿死的野鸟咯!'水鸟恶狠狠地威胁道:'你先松开我。'河蚌针锋相对地说:'你休想,我一松开就要被你啄死了。'"

赵惠王听得入了迷,急切地问道:"那最后怎么样了?"苏代叹息道:"河蚌和水鸟都要强得很,都不肯退步。最后来了个渔夫,把它俩一起捉走了。"他起身离开席位,郑重地拜道:"大王,现在您想要攻打燕国,可就算打赢了,

还有余力抵抗别国的侵犯吗？"见赵惠王沉默不语，他又劝道："燕赵如果长期对峙，两国的军民都会疲惫不堪。如今秦国势力庞大，野心勃勃，等到燕赵两国的实力都削弱了，恐怕秦国将会成为那不劳而获的渔夫哇！臣恳请大王慎重考虑出兵之事！"

赵惠王思虑良久，最终决定放弃出兵攻打燕国的计划，燕国终于逃过一劫。

[ 阅读点拨 ]

鹬蚌相争，渔翁得利。在纷乱复杂的矛盾中，如果对立的双方僵持不下，互不相让，结果往往会两败俱伤，使第三方轻松获利。所以我们要注意观察和分析形势，找到一种能让双方互利共赢的方式。

# 画蛇添足

春秋战国时期，楚国有一个官员，负责管理庙堂的祭祀活动。有一天，在祭祀活动结束后，他拿出一壶好酒赏赐给办事的门客。酒的香味从壶口溢出，沁人心脾，门客们眼前一亮，纷纷走上前去，迫不及待想要享用这壶酒，但酒少人多，根本不够分。于是门客们商量了一下，觉得与其大家都喝得不过瘾，不如让一个人独享。可是到底让谁喝呢？有一个门客灵机一动，对官员说："大人，不如让我们玩个游戏，就在地上比赛画蛇，谁先画好一条蛇，这壶酒就归谁。"官员觉得这个法子不错，就把酒壶放在桌上，让他们即刻开始比赛。

其中有一个门客画得很快，他大笔一挥，寥寥数笔就勾勒出一条栩栩如生的小蛇，率先完成了比赛。他立刻起身，大步流星地走向桌子，拿起酒壶准备畅饮，但突然间，他抬起的手又放了下来。他环顾四周，发现其他人还在埋头画着，觉得自己还可以展现一番，就扬扬得意地说："你们画得太慢了，我再给蛇加四只脚都来得及！"于是，他左手托着酒壶，右手又握起笔，龙飞凤舞地画了起来。没想到，还没等他画完蛇的脚，另一个门客也已经把蛇画好，并从他手里一把抢过酒壶。那人看着地上的画捧腹大笑，接着一脸嘲讽道：

"蛇是没有脚的,你怎么多此一举给它画上脚呢?所以我才是第一个画完蛇的人。"说完,他扬起头,将酒壶中的酒一饮而尽。

那个给蛇画脚的人,最后失去了原本属于他的酒。

[ 阅读点拨 ]

原本先画好蛇的人以为自己胜券在握,便自作聪明,做了多余的事,结果反而弄巧成拙。在生活中,我们千万不能多此一举,把事情做完之后还强行加上没有必要的"蛇足",这样只会适得其反。

# 千金市骨

从前有个国君,想要用千金之资去购买能驰骋千里的良马,但过了很多年都没得到,为此经常闷闷不乐。国君有一位侍臣,精明能干,照应国君的生活起居从不出错,很受国君的信任。他对国君说:"大王,臣不忍看您日日愁眉不展,请让我去替您寻找千里马吧!"

国君欣然答应了。侍臣在外风餐露宿,走南访北,辛辛苦苦找了三个月,终于打听到了一匹千里马。可不凑巧的是,这匹马在他到来之前已经死了。侍臣愁眉苦脸地在死马旁边蹲了很久,突然两手一拍,做出了一个令人不解的决定——花五百金买下了死马的头颅,用匣子装着,乘着车一路颠颠簸簸地回王宫去复命。

国君日盼夜盼,终于把侍臣盼回来了,欢欢喜喜地去接见他,问道:"爱卿,你带回来的千

里马呢？"侍臣把匣子呈上去，说："大王，臣历尽千辛万苦，终于找到了千里马，可惜马已经死了，于是臣用一半的价格把马头买回来了。马头在此，请您查看。"国君愣住了，反应过来后怒斥道："我要的是能跑能叫、活生生的千里马，你竟然花五百金把死马的头买回来！你告诉我，这马头有什么用？"

侍臣说："大王息怒，请听臣解释。臣买下马头后，大家会认为，您连一匹死的千里马都舍得花五百金买下，更何况是活马呢？您对千里马的渴求天下皆知，不久之后肯定会有人献马的。"国君将信将疑，说："如果一年之后朕还没有得到千里马，便唯你是问。"

果然，不出一年，便有不少人来向国君献千里马，他终于得偿所愿了。

### [阅读点拨]

肯花费五百金买千里马的头颅，就意味着能为活的千里马付更高的价格，别人在看到诚意之后便会主动献上千里马。我们在做一件难事时，只要信念够坚定，诚意够大，付出的努力够多，就会离成功越来越近。

中国寓言故事

# 杞人忧天

杞国有一个人，老是担心天会塌下来，地会陷下去，届时人间变成炼狱，所有人都活不成了。为此，他焦虑得吃不下饭、睡不着觉，成天愁眉苦脸，身体日渐消瘦。

这个人的朋友于心不忍，就去开导他，说："从古至今都没发生过天塌地陷的事，你何必如此操心呢？"这个人愁道："以前不会，不代表今后不会啊。"友人拉着他到屋外去，指着天空说："你看，天只不过是聚积在一起的气体。这个世界上到处都是空气，你行走、吃饭、呼吸，都在这空气里进行。天本来就是无形的，又怎么会塌呢？"这个人若有所思地点点头，又问："就算天不会塌下来，那日月星辰呢？譬如太阳，掉下来不会把人砸死、烫死吗？"友人笑道："日月星辰也只不过是空气中会发光的东西，即使掉下来，也不会造成什么伤害，你就放心吧。"

这个人觉得友人说得有道理，终于松了一口气。可他紧皱的眉头舒展到一半，又皱了起来，指着脚下的土地说："那如果地陷下去了呢？咱们不还是没有活路吗？"友人无奈地摇摇头，劝道："地也只是堆积的土块罢了，和空气一样无处不在。你每天能在地上活动，双脚能触到的都是土地，为何要担心地会陷下去呢？"这个人连连点头："原来如此，看来真是我多虑了。"经过朋友的劝导，这个杞国人的心结总算打开了，再也不会愁得寝食难安了。

**[ 阅读点拨 ]**

世上有不少像这个杞国人这样自寻烦恼的人，整天沉浸在虚拟的恐惧和焦虑中无法自拔，失去了生活的乐趣，也白白浪费了大好时光啊。

中国寓言故事

# 朝三暮四

从前，宋国有个老头养了一群猴子。老头对猴子们非常宠爱，家里做什么吃的都会给它们留一份。一有空，他就去打扫猴子们的住处，或者逗它们玩耍。在日复一日的相处中，老头与猴子们渐渐地心意相通，彼此能听懂对方的语言了。

新的一年来了。这一年的年景不好，天上日日挂着大太阳，三四个月不见一滴雨，地里的禾苗全都干死了。到了秋天，老头家的地里几乎颗粒无收，上一年的粮食也所剩无几，生计一下子就艰难了起来。一开始，老头还会从自家口粮里挪出一点来给猴子吃，可是后来粮食实在不够吃了，他只得去山里采些橡果来喂猴子。

一段时间后，橡果也不多了。这天早晨，老头拎着篮子来到猴舍，丢给每只猴子三颗橡果。猴子们跑过来一看，当即就不高兴了，叽叽喳喳地叫起来。老头对它们说道："今年家计艰难，为了以后每天都有吃的，现在就得节省一点。从今天起，我每天早上给你们各分三颗橡果，晚上四颗，

你们觉得怎么样?"不料猴子们一听,吵得更凶了,个个都不同意。老头被吵得不耐烦了,只好说:"那好吧。以后早上各分四颗橡果,晚上是三颗,这下总行了吧?"猴子们听了,一致同意,个个欢天喜地地翻起跟头来。

[ 阅读点拨 ]

其实朝三暮四和朝四暮三没有区别,总数都一样,猴子们却被轻而易举地迷惑了。我们面对一件事时,一定要谨慎思考,仔细辨别,否则就容易被花言巧语欺骗。此外,需要说明的是,"朝三暮四"原指用表面上改变但实际上并没有改变的方法骗人,后来多形容变化不定、反复无常。

# 关尹子教射

列子是战国时期的大思想家。他跟关尹子学习射箭，每天勤学苦练，手法越来越娴熟，射出去的箭离靶心越来越近。

这天，列子早早地去练习，只见他张弓搭箭，目光炯炯有神，"嗖"，破空之声传来，箭矢稳稳地扎在了靶心上。列子很开心，把自己正中靶心的事告知关尹子，并问道："师父，我学得差不多了吧？"

关尹子未置可否，反问道："你知道你为什么能射中靶心吗？""射中了就射中了，说明手法好呗，这还需要什么原因？"列子在心里嘀咕，但还是老老实实地回答："不知道。"关尹子说："不知道就不能算是学会了。你回去勤加练习，用心感悟，等知道了再来找我。"

师父是有名的神箭手，他说的总不会错，列子虽然不太明白师父的意思，但还是遵从他的嘱咐，回去继续练习。在接下来的日子里，列子不但苦练射箭，还用心钻研、总结方法。他的箭术越来越高明，渐渐地由之前的偶然射中、时中时偏变得百发百中。

三年过去了，列子又来向关尹子求教，展示自己的箭术。只见他射出去的箭无一偏差，甚至连远处飘落的树叶都能射中，关尹子欣慰地点了点头，问："现在你知道你能射中靶心的原因了吗？"列子恭敬地回答："弟子知道了。"

关尹子说:"时至今日,你已经学有所成了。只要你严格要求自己,在勤加练习的同时总结经验,你就能掌握射中靶心的规律,因此也就能每发必中。不只是射箭,治理国家也好,修身养性也罢,都是同样的道理。从古至今,圣人不关心事情的结果,而注重将事情的来龙去脉弄清楚,是因为他们深谙这个道理呀!"

[ 阅读点拨 ]

从关尹子的话里不难得知:我们想要学好一种本领,既要知其然,又要知其所以然,真正弄懂其中的道理!

# 歧路亡羊

中国寓言故事

杨朱是战国时期著名的思想家。有一天,他的邻居丢了一头羊,十分着急,连忙带乡里的人去找羊,还请杨朱的家仆帮着一块儿找。杨朱惊讶地问:"不过是丢了一头羊而已,何必要这么多人去找呢?"邻居回答道:"一路上岔路太多了,我一个人找不到。"

不久之后,那些找羊的人回来了,脸上满是疲惫。杨朱关心地向邻居询问:"找到羊了吗?"邻居失望地回答道:"没有,羊跑丢了。"杨朱疑惑地问:"这么多人去找一头羊,为什么会找不到呢?"邻居叹了口气,解释道:"唉,岔路走到尽头还是岔路,我不知道羊究竟跑到哪条路上去了,再走远些我自己都快迷路了,只好回来了。"

杨朱听完邻居的话,深有感触,露出了忧郁的神色,沉默了很长时间,一整天都没有笑过。他的学生觉得很奇怪,请教他说:"老师,那羊是不值钱的牲畜,而且也不是您家的,为什么您如此闷闷不乐呢?"杨朱沉默不语,没有回答他们。

孟孙阳和心都子都是杨朱的学生,孟孙阳去拜访心都子的时候,

就把这件事告诉了心都子，并疑惑地问他："老师这是怎么了？"心都子感慨道："道路上岔路太多了，所以容易使羊丢失；求学的人方法太多了，所以容易丧失本性。我们学到的东西从根本上是一样的，但因为方法的不同，结果却有这样大的差异。老师是领悟到，只有把求学的方法与求学的目标相统一，才不会迷失方向啊。你常年在老师的门下，学习老师的学说，却不懂得老师的心思，真是可悲呀！"

[ 阅读点拨 ]

　　一路上岔路太多，再多的人也很难把羊找回来。人生的道路也是如此，一路上的风景千变万化，一路上的际遇千差万别。如果不能坚定强大的信念，坚持正确的方向，就会像邻居走失的羊一样，一旦误入歧途，只会从一条岔路走上另外一条岔路，很难再走回正确的道路，最后无法到达既定的目的地。

# 薛谭学讴

秦青是战国时期有名的歌唱家，他很擅长教人唱歌。有个叫薛谭的年轻人慕名前来，拜师学艺。秦青见薛谭唱歌很有天赋，非常看重他，将平生所得倾囊相授。没过多久，薛谭的歌唱水平已经突飞猛进，他开始沾沾自喜，自以为已经学到秦青的所有本事，不再需要老师了。于是，他收拾行李向秦青辞行，秦青沉默不语，点点头同意了。

薛谭离开的那天，秦青设宴为他饯行。想起师徒之间相处的时光，秦青忍不住轻轻地打着节拍，高唱离别的悲歌。他的歌声高亢动人、不绝于耳，震动了路边参天的林木，止住了空中流动的云朵。薛谭这才知道自己的水平和秦青相比有天壤之别，连秦青的皮毛都没学到。一曲听完，薛谭立刻惭愧地向秦青作揖，恭敬地道歉道："老师，请您原谅我见识短浅、骄傲自负，让我留下来继续向您学习吧！"

从此以后，薛谭继续跟着秦青学习唱歌，态度更加谦卑，学习更加刻苦，一生都没有再提出离开秦青的请求。

[ 阅读点拨 ]

有唱歌天赋的薛谭很厉害，但老师秦青更胜一筹。俗话说学无止境，我们要时刻保持谦虚的学习态度，切勿骄傲自满。只有这样，才能看到更高更远的风景，收获真正的成功。

中国寓言故事

# 塞翁失马

在靠近边塞的地方，住着一位老人，他研究术数，能推测吉凶。

这天早上，老人吃完早饭，照例要去外头放马，可当他打开马棚的门时，发现少了一匹马。大家纷纷替他叫起苦来。

老人却非常淡定，笑呵呵地说："没关系，有舍才有得，说不定有意外收获呢！"邻居们也笑了，说："您真是乐观哪！"

几个月过去了，这件事逐渐被大家淡忘了。

一天傍晚，突然有一群马声势浩大地径直往老人家跑去。原来，老人丢掉的那匹马竟然带了几匹胡马回来，大家又惊奇，又羡慕。老人关好马棚门，说："我说过了嘛，人不会一直交好运，也不会一直走霉运，明天会发生什么，谁也不知道。"

105

中国寓言故事

老人有个儿子，平时就爱骑骑马、放放风。见到这几匹强壮高大的胡马，他高兴得不得了，趁着某一天天气晴好，便牵了匹胡马出去。没想到胡马野性难驯，老人的儿子顿时被甩下马，大腿摔断了。

村民们知道这件事后，纷纷安慰老人："您老别太伤心……"老人摆摆手，说："意外难以避免，他能保住一条命，我已经知足了。摔断腿虽然是一桩祸事，可说不定会带来福气呢！"

后来，边塞发生了战乱，村子里成年的健壮男子都被征入军队作战去了，只有老人的儿子因为腿瘸没有被征去。

战乱持续了很久，虽然最后胡人被打败了，但胜利的一方也有许多儿郎死在了战场上。村民们看着那些失去儿子、痛哭流涕的人，想起老人的话来，不由得百感交集。

[阅读点拨]

其实这位老人并不是真的能预测吉凶，只是他明白：福祸是相依相伴的，在一定条件下，坏事会变成好事，好事也会变成坏事。由此可见，交了好运不要太得意，遭了祸事也不必太伤心。

# 叶公好龙

春秋时期，楚国有个贵族名叫沈诸梁。他的封地在叶邑，人们都称他为"叶公"。叶公非常喜欢龙，已经到了痴迷的地步。人们去他家做客，发现屋子里的梁柱、门窗、墙面以及各种家具摆设上面都雕饰着龙的图案。仔细一看，连叶公衣带钩上都刻着龙。

叶公喜爱龙的事情很快就传播开来，被住在天上的真龙听见了。真龙知道有人如此狂热地崇拜自己，非常感动，便想下到凡间，让叶公亲眼见见自己的真身。

在一个电闪雷鸣、暴雨如注的夜里，真龙从天而降，飞到叶公家窗外，并将一条龙尾伸到了厅堂上。此时叶公正埋头坐在案前写作，他不经意间抬起头，看到了厅堂上摆动着的龙尾，不由得吃了一惊，怀疑自己看错了。恰在此时，一道闪电划过，照得外面如同白昼一般，这下子，叶公清清楚楚地看见了正在窗外往里窥视的龙的眼睛。

出乎意料的是，叶公见到真龙，竟然非常恐惧。他浑身颤抖，两腿发软，

挣扎着爬起来，仓皇间还不小心打翻了案上的笔墨，然后跌跌撞撞地往里屋跑去。他吓得魂飞魄散，脸上白一阵、黄一阵，看上去可怜又滑稽。

真龙见到叶公这个样子，失望地叹了口气，飞回天上去了。

[ 阅读点拨 ]

原来，叶公并不是真的喜欢龙。他痴迷的是假龙，一见到真龙则原形毕露。生活中，人们用"叶公好龙"来比喻一些人口头上说爱好某事物，实际上并不是真的爱好。

# 曲突徙薪

有一个人去别人家做客,见到主人家的烟囱是从灶膛上端笔直通上去的,旁边还堆积着不少干燥的柴草,于是对主人说:"您家里头的布局得做做改动才行。这灶膛与烟囱之间应该加一段弯曲的通道,柴草也要搬开,离灶膛远一点,否则很容易发生火灾啊。"

主人面上没说什么，心里却在嘀咕："哪有到人家家里做客，却对主人家指手画脚的。"客人见他非但没有采纳自己的建议，反而还有点不悦，不好再劝，于是告辞回家了。

过了不久，这户人家果然失火了。一点火星在柴草间燃起来，眨眼间就蹿起高高的火焰，主人家忙跑到屋外大声呼救。邻里乡亲纷纷拿着木盆、水桶去打水灭火。众人齐心协力，好不容易才把大火扑灭。

主人家很感动，把事情都安顿好之后，就杀牛炖肉，置办酒席，款待帮他救火的乡亲们。其中有个人在救火时被烧伤了，额头黑红，头发都焦了。主人紧紧地握着他的手，恭恭敬敬地请他坐在首席，其他人就按照功劳大小依次排定座位。

这时，有人问道："那天我在您家，听到有一位客人劝您在灶膛和烟囱之间加一段弯曲的通道，把柴草搬远些。救火的人您都请到了，为什么不请他呢？"主人说："他不过是动动嘴，而在座的各位却是出了大力气的……"没等他说完，那人打断了他："此言差矣，如果您当时听了那位客人的话，就可以避免这场火灾了，现在也就不用破费摆酒席了。"另一个人也附和道："是啊，您现在答谢宾客，把烧伤的人当成座上宾，而给您提建议的人却没有得到感谢和回报，这不合理啊。"

主人幡然醒悟，连忙将之前提建议的人请来，好好地感谢了他一番。

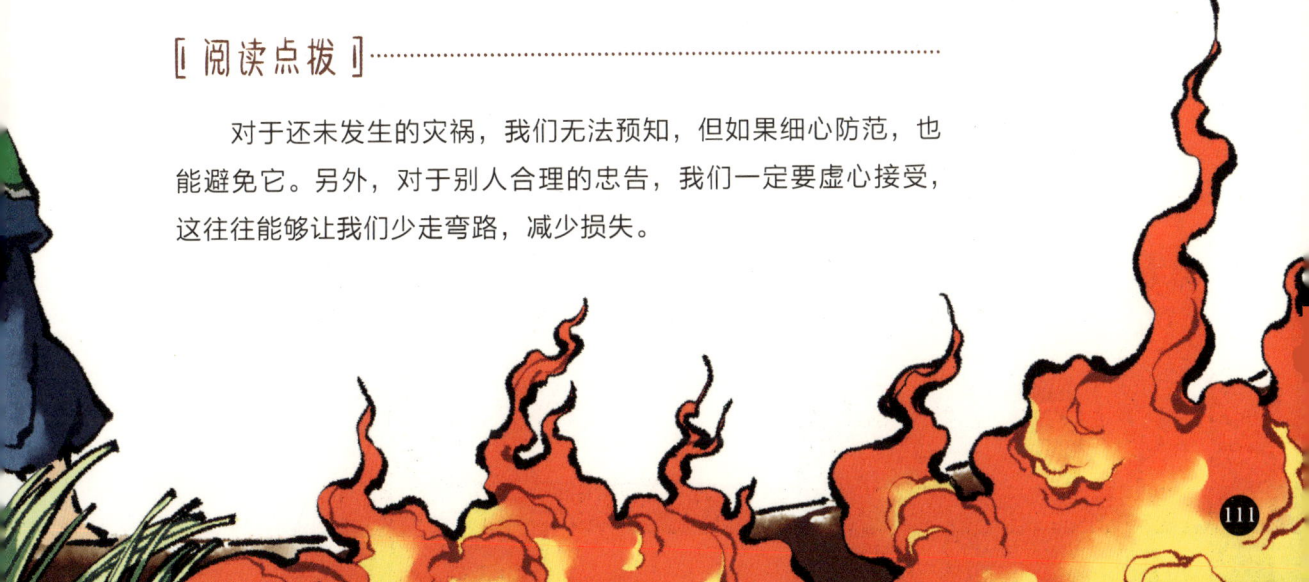

[ 阅读点拨 ]

对于还未发生的灾祸，我们无法预知，但如果细心防范，也能避免它。另外，对于别人合理的忠告，我们一定要虚心接受，这往往能够让我们少走弯路，减少损失。

# 抱薪救火

战国时期，七国争雄，其中秦国的实力最为雄厚，经常侵犯其他国家，魏国就是其中之一。

魏国的安釐王即位后，秦国的攻势更加猛烈，魏国屡战屡败。说来安釐王也是个命途多舛的君王，即位没两年，就被秦国攻占了好几个城镇。秦国的军队势如破竹，直逼魏国的都城，大有让魏国灭亡的势头。

安釐王急得没办法，只得割让土地，好声好气地向秦国求和，这才结束了战争。可秦国是没那么好说话的，没多久又卷土重来，攻占城镇，屠杀军民。韩、赵两国也没逃脱秦国的侵略，三个国家都被打得落花流水。

这下安釐王彻底睡不着了，每天召集大臣商量对策。大将段干子空有将军之名，实际上是个无能的懦夫。他奏道："大王，现在秦国来势汹汹，我国无力抵挡，不如先把南阳割让给秦国，赢得一些休养生息的时间，然后再从长计议。"

安釐王十分害怕如狼似虎的秦国，于是同意了罢兵议和的建议，没想到大臣苏代坚决反对。

苏代极力主张各国联合起来共同抵抗秦国，于是对安釐王说："大王，秦国狼子野心，贪得无厌，割地求和一事万万不可。您把土地让出去求得一时的太平，就好比抱着柴草去救火，火沾上柴草只会烧得更旺，怎么能把火扑灭呢？只要魏国的国土还在，秦国就永远不会满足，一味求和反而会助长秦国的气焰。请大王三思啊！"

苏代据理力争，苦苦劝谏，但怯懦的安釐王只顾一时的太平，还是把大片国土割让给了秦国。后来，秦国果然又大举进攻魏国，军队将魏国都城围得跟铁桶一般，还掘开黄河大堤，水淹都城，最后把魏国给灭掉了。

[阅读点拨]

安釐王用割地求和的方式向秦国妥协，最终也没能避免亡国的命运。我们想要解决问题、消除灾祸，必须看清事物本质，从根源上解决问题，一味逃避妥协只会使结果变得更糟糕。

# 按图索骥

中国寓言故事

春秋时期,有个人被称为"伯乐"。他很擅长相马,即使在一群病马、瘦马中也能顺利地找到千里马。后来,他总结了自己长久以来的相马经验,写成了一部《相马经》。《相马经》上提到,额头隆起、眼睛凸出,蹄子又厚又大的马,就是千里马。有一天,伯乐的儿子偶然间翻开了这本书,看到这句话时,他心想:"原来寻找千里马的方法这么简单哪!今天我就去找一匹千里马来,让父亲高兴高兴。"于是,他拿起《相马经》,匆匆出门了。

没走多久,伯乐的儿子看到一匹马拉着车迎面奔来。他打开《相马经》一对照,额头不够高,不是千里马。又走了一段路,他看到一个人骑着马远远跑来。他仔细一看那匹马,眼睛不凸出,也不是千里马。就这样一下午过去,他依然一无所获。这时,路边响起了一阵"呱呱呱"的声音,他凑近一瞧,原来是一只癞蛤蟆正鼓着肚子在那里叫呢!"高额头,凸眼睛,咦,这不就是千里马的特征吗?"他不禁喜出望外。再一看,就是蹄子不够厚不够大。"虽然蹄子不符合,但它额头隆起、眼睛凸出,应该就是千里马了。"说着,他撕下一块布,将癞蛤蟆包在里面,拎着回家了。

见到伯乐,他兴冲冲地说:"父亲,我找到了一匹千里马。除了蹄子不够厚不够大,其他的都符合您说的那些特

征。""哦?"伯乐一听来了精神,"千里马在哪里?快带我去看看。"

"在这里!"他说着松开了手,将癞蛤蟆抖了出来。伯乐看着在地上跳来跳去的癞蛤蟆,原本十分生气,但一想到自己的儿子平日里就很憨傻愚笨,又不禁转怒为笑,说:"你这匹马太喜欢跳了,不能骑啊!"

[ 阅读点拨 ]

伯乐的儿子只会照搬书上的知识,结果把癞蛤蟆当成了千里马,让人哭笑不得。只有结合实际、懂得变通,学到的知识才能更好地服务于实践。如果做事生搬硬套,不但不会产生好的效果,反而会闹出笑话。

# 优孟谏葬马

楚庄王酷爱养马,还让他的爱马穿锦衣、住豪宅、睡大床、吃枣脯,没想到马却死于过度肥胖。

这下楚庄王可受了不小的打击。他命令全体大臣向自己的爱马致哀,还准备用棺椁装殓,按大夫的规制来为它举办隆重的葬礼。大臣们吓得不轻,纷纷向庄王进言,劝他千万不要这么做。但庄王不为所动,反而下了一道命令:"谁再敢为葬马一事向我劝谏,一律死罪。"这下大臣们都不敢再进谏了。

优孟听说了这件事,闯进王宫大哭。庄王吃惊地问:"你哭什么?"优孟抽抽噎噎地回答:"小人是为了大王那匹死掉的爱马而哭啊!我楚国是泱泱大国,没什么事情是办不到的。而如今大王的爱马死了,却只用区区大夫的规格来为它办丧事,这未免太寒酸了,应该按照国君的规格来办葬礼才对啊!"

庄王问:"那依你之见,我该怎么做呢?"优孟一本正经地回答:"小人建议用雕花白玉做棺材,用上好的梓木做外椁,调遣士兵来挖坟坑,

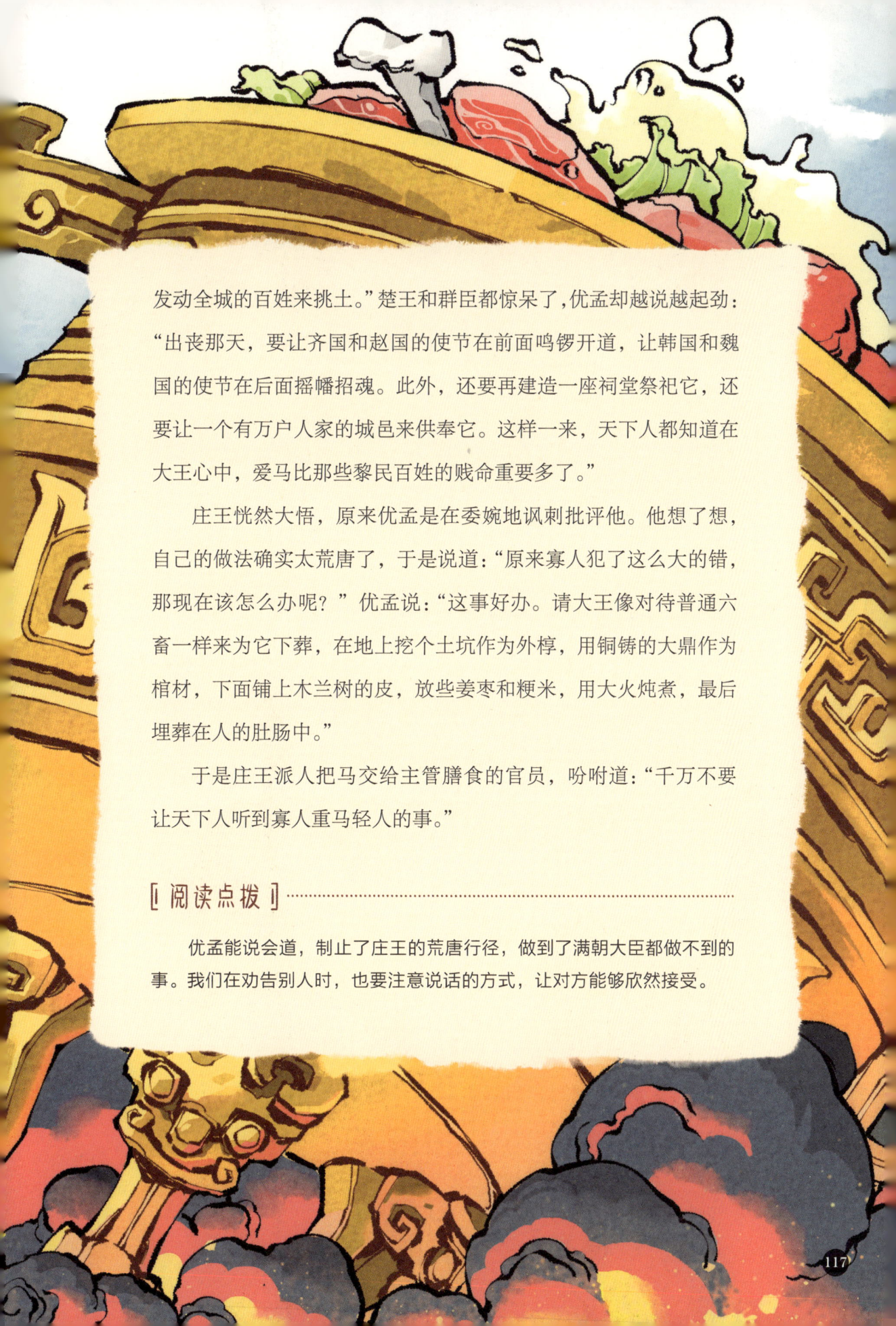

发动全城的百姓来挑土。"楚王和群臣都惊呆了,优孟却越说越起劲:"出丧那天,要让齐国和赵国的使节在前面鸣锣开道,让韩国和魏国的使节在后面摇幡招魂。此外,还要再建造一座祠堂祭祀它,还要让一个有万户人家的城邑来供奉它。这样一来,天下人都知道在大王心中,爱马比那些黎民百姓的贱命重要多了。"

庄王恍然大悟,原来优孟是在委婉地讽刺批评他。他想了想,自己的做法确实太荒唐了,于是说道:"原来寡人犯了这么大的错,那现在该怎么办呢?"优孟说:"这事好办。请大王像对待普通六畜一样来为它下葬,在地上挖个土坑作为外椁,用铜铸的大鼎作为棺材,下面铺上木兰树的皮,放些姜枣和粳米,用大火炖煮,最后埋葬在人的肚肠中。"

于是庄王派人把马交给主管膳食的官员,吩咐道:"千万不要让天下人听到寡人重马轻人的事。"

[ 阅读点拨 ]

优孟能说会道,制止了庄王的荒唐行径,做到了满朝大臣都做不到的事。我们在劝告别人时,也要注意说话的方式,让对方能够欣然接受。

# 一叶障目

楚国有一个人，家境贫寒，没有什么钱吃喝玩乐，无聊时喜欢读读闲书。

这天，他坐在窗边津津有味地读《淮南子》，不由得被这样一段文字吸引了：螳螂在捕蝉时，通常用树叶遮住自己的身体，如此一来就不会被蝉看见。他自言自语道："这叶子竟然这么奇妙，能起到隐身的作用。我要是能得到这样的叶子，岂不是想干什么就能干什么？"

他越想越高兴，跑到树下仰头望着，想找到那片螳螂在捕蝉时用来"隐身"的树叶。这人耐心地找了大半天，终于发现了一片遮挡螳螂的叶子，就伸手摘下来，不料手一抖，叶子掉了下去。树下原本就有很多落叶，这些叶子混在一起，完全无法找出那片能"隐身"的树叶了。他索性将落叶全部扫起来，装了好

几斗带回家。

为了找到自己想要的那片,他先拿了一片树叶遮住自己的眼睛,并问自己的妻子:"娘子,你能看见我吗?"他妻子奇怪地看着他,说:"当然能看见了。"于是他又换一片叶子接着问,得到的依旧是"能看见"的答案。

整整一天,他换了一片又一片的叶子,反反复复地问这个问题。他妻子被问得不耐烦了,就说:"看不见了!"这人一听,心中大喜,拿着好不容易选出的树叶出门了。他来到集市上,开开心心地举着树叶,竟当着别人的面拿东西,结果被官差当场抓住,扭送到县衙去了。

县官审问他:"你为何要拿人家的东西?"他老老实实地把前因后果说了一遍。县官听了以后笑得停不下来,感叹道:"真是天下之大无奇不有,罢了,判你无罪,回去吧!"

[ 阅读点拨 ]

螳螂可以通过树叶骗过蝉的眼睛,是因为它们个头都很小,能被树叶挡住全身,人就不一样了。这个楚国人死读书,不明就里,结果闹出了笑话。我们应引以为戒,擦亮双眼,看清事物的全貌和本质,不要被事物的表面所迷惑而做出错误的决定。

# 鲁人执竿

鲁国有一个人，头脑愚笨，不知变通，而且别人说什么他就信什么，人家都笑他"一根筋""直肠子"。

这天，他在山上砍了根长长的竹竿打算带回家，但在进城门时却犯了难。他先是竖着拿，发现竹竿比城门高出了一点，于是又把竹竿横着拿，还是不行。这人就扛着竹竿站在城门外抓耳挠腮，不知该怎么办才好。

这时，来了个步履蹒跚的老人，问他："年轻人，你怎么愁眉苦脸的？"他叹了一口气，说："老人家，这竹竿太长了，横着也好，竖着也罢，都没法通过这城门，可愁死我了。"

老人捋着长长的白胡子想了想，说："虽然我不是圣人，但我活了这一把岁数，见过的难事也不少，或许我可以帮到你。"这人大喜，忙追问道："老人家，您有什么好主意？快告诉我吧。"

老人笑呵呵地说："既然竹竿太长，

你为什么不去借把锯子来，把竹竿锯成两截再拿进去呢？"

这人恍然大悟，一拍大腿，说："真是个好办法，那我去城里借锯子。可我这竹竿……"老人说："去吧，我帮你看着竹竿，保证没人拿。"于是，这人借来锯子锯断竹竿，高高兴兴地拿着两截短短的竹竿进城去了。

[阅读点拨]

拿竹竿的人不知变通，出主意的老人也自作聪明，一个敢听，一个敢说，做出了令人发笑的蠢事。我们做事时不能盲目听从别人的建议，要自己多动脑筋，学会灵活变通，才能把事情做好。

# 日近长安远

自晋朝因战败而南渡以来，上至王公贵族，下至平民百姓，都常常面色惆怅地遥望北方——那是故都所在的地方。

晋明帝从小聪明伶俐，很得晋元帝的宠爱，常常被元帝抱在膝头认字、玩耍。这天，有个从长安回来的人进宫来拜见元帝，元帝问道："你从长安而来，沿途经过洛阳，那里近况如何？百姓是否安居乐业？宫墙外的柳树是否和以前一样青翠？"问着问着，两行热泪便顺着脸颊流下来。

明帝伸出小手摸着元帝的脸，奇怪地问道："父皇，您怎么哭啦？"元帝把南迁的过往告诉他，然后问道："你说说，长安和太阳比起来，哪个更远一些？"明帝奶声奶气地答道："当然是太阳远啦。儿臣可从没听过有谁是从太阳那边来的。"元帝有些诧异，随即笑道："你真是聪慧。"

第二天，元帝宴请群臣，把明帝说的话告诉他们，然后又问明帝："你昨天说长安和太阳哪个近？"明帝说："当然是太阳近呀。"元帝惊讶地问："你昨天可不是这么说的啊。"明帝认认真真地答道："父皇，我们抬头就能看见太阳，可是就算我们踮起脚、伸长脖子，也看不见长安呀。"

[ 阅读点拨 ]

有时候，问题不会只有一个标准答案。学会从不同的角度来看待、思考问题，或许我们会有新的收获。

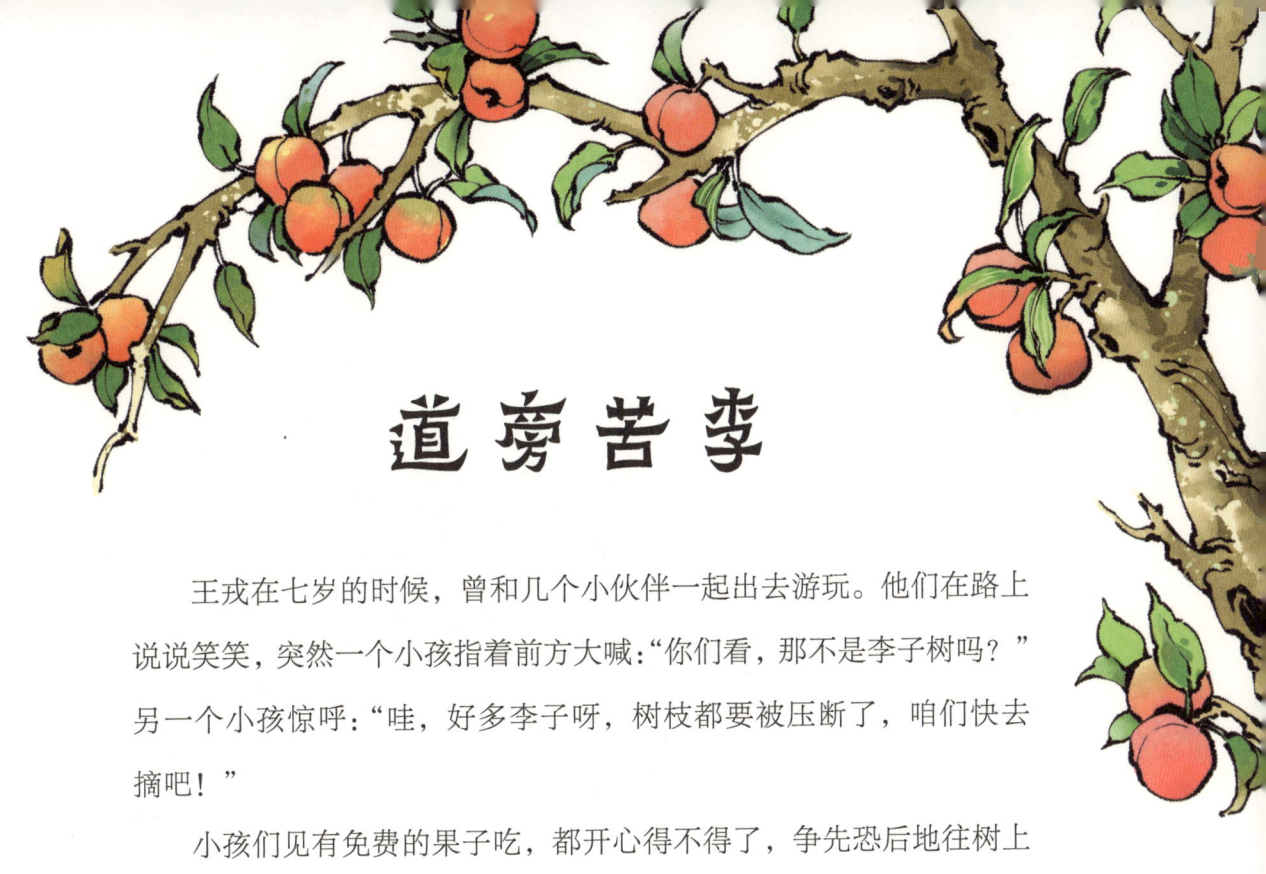

# 道旁苦李

王戎在七岁的时候,曾和几个小伙伴一起出去游玩。他们在路上说说笑笑,突然一个小孩指着前方大喊:"你们看,那不是李子树吗?"另一个小孩惊呼:"哇,好多李子呀,树枝都要被压断了,咱们快去摘吧!"

小孩们见有免费的果子吃,都开心得不得了,争先恐后地往树上爬,把那些熟透的诱人果实塞进怀里,只有王戎站在树旁一动不动。

一个已经摘了许多李子的小孩爬下树来,问王戎:"你怎么不去摘李子呢?"王戎说:"这棵树上的李子肯定是苦的,摘下来也不能吃,我就不去费那个力气啦!"那个小孩疑惑地问:"你为什么这么想呢?"王戎解释道:"这棵树就长在路边,如果李子好吃的话,早就被人摘光了,怎么还会有这么多呢?不信你尝尝看。"

那个小孩尝了一颗李子,果然是不能吃的苦李,连忙吐了出来。

[阅读点拨]

小孩们被表象迷惑了,花了大力气,却吃了苦李子。而王戎善于观察,谨慎行事,实在是值得我们学习呀!

中国寓言故事

# 对牛弹琴

春秋战国时期,有一位著名的音乐家叫公明仪,他精通乐理,弹得一手好琴。有一天风和日丽,公明仪来到乡野田间踏青采风,在农田里见到一头青牛正低头津津有味地吃草,再看这四周依山傍水,郁郁葱葱,一片田园好景致。他一时兴起,便拿出自己的琴,对着青牛弹起悦耳动听的曲子来。悠扬的乐声飘荡于乡间,配合着树上鸟儿一唱一和的啼叫声,融洽极了。

但在公明仪跟前的青牛,却只是自顾自地埋头吃着草,无动于衷,什么都没听见似的。公明仪见状十分纳闷,要知道,但凡听过他弹琴的人,都是对琴声赞不绝口的。怎么自己对着青牛弹这么好听的曲子,它竟然一点儿反应都没有呢?他接着又给青牛弹了另一首拿手曲子,青牛还是埋头吃草。这回公明仪不再弹琴了,他细细观察了青牛很久,终于意识到:不

是自己的曲子不好听，也不是青牛没有听见琴声，可能是这么高雅的曲子并不适合弹给它听罢了。于是，公明仪换了一种曲风，用琴弹奏出类似蚊子、牛虻发出的"嗡嗡"声。青牛听后立马竖起了耳朵，好像觉得周围有虫子要叮咬它的屁股，于是拼命摇晃尾巴驱赶蚊虫。公明仪大受鼓舞，知道自己找对了门路，他又用琴声模仿小牛的呼叫声。青牛听到一声又一声的"哞哞哞"，心急如焚地寻找"小牛"去了。

[阅读点拨]

青牛只能听懂自己熟悉的声音，根本无法欣赏人类所喜爱的音乐。由此可见，我们在生活中，不论说话还是做事，都得分对象，否则就没有任何意义。如今，人们常用"对牛弹琴"来比喻对不懂事理的人讲道理，或对外行人讲内行的话；有时，这个词也会用来嘲讽对方根本不明白自己说的话是什么意思。

# 折箭

吐谷浑的首领阿豺是个有勇有谋的英雄,他有二十个儿子,还有一个弟弟慕利延。他们骑马射箭、打猎杀敌,个个都是能以一敌百的伟男子。

儿子多是好事,儿子出色也是好事,但出色的儿子一多,以后兄弟相争就难以避免,况且自己还有一个文武双全的弟弟,等以后年老力衰,还不知道是怎样的光景呢。万一他们各自为政,以后这偌大的疆土岂不是要四分五裂,那时该如何抵御外敌的入侵?为此,阿豺经常心事重重。

后来,阿豺不幸得了一场重病。临死之前,他把儿子和弟弟都叫到自己床边,让他们拿些箭来。阿豺在他们心中如威严的神明一般,他们都很服从阿豺的指令,很快就把箭拿来了。阿豺见人都来齐了,对儿子们说:"你们各拿一支箭,把它折断。"儿子们虽然不知道他想做什么,但还是听他的话,把手中的箭折断了。阿豺又对弟弟慕利延说:"你也取一支箭来,把它折断。"慕利延力气过人,毫不费力地就把箭折断了。

阿豺又说:"你再取十九支箭来,把它们一起折断。"

慕利延把这一把箭握在手里,竭尽全力,憋得满脸通红,却怎么也折不断。阿豺这才问道:"你们知道为什么慕利延力大无穷,却折不断这十九支箭吗?"其中一个儿子说:"一支箭不过手指粗细,而十九支箭拢在一起就有碗口粗了,叔叔当然折不断了。"

阿豺意味深长地说:"是啊,一支箭容易折断,但聚集成一捆就难以摧毁了。治理国家也是一样的,一个人单打独斗难成气候,只有你们团结一心,齐心协力,才能守住我们的疆土啊!"见儿子们和弟弟若有所思的样子,阿豺说:"以后无论是谁做主,其他人都必须尽心辅佐他,不得生出异心,让我们的国家像这十九支箭一样坚固。"

说完这些话之后,阿豺便去世了。

[阅读点拨]

单者易折,众则难摧,团结就是力量。一个国家只有上下一心才能有安定的环境;我们在遇到困难时,如果可以集众人之力,就能更好地战胜困难,取得胜利。

# 临江之麋

临江一带住着一位以打猎为生的人。有一天，他又去山林里打猎，无意间捉到了一只小麋鹿。他见小麋鹿可怜又可爱，便打算将小家伙圈养起来。

猎人一进家门，院子里的那群猎狗便流着口水、摇着尾巴，争先恐后地跑了过来。它们还以为那只娇弱的小鹿是主人送来的食物呢！不料，猎人看见猎狗这副样子非常生气，板起面孔，威严地喝退了它们。

晚上睡觉前，猎人想到了一个让猎狗和小鹿和平相处的办法。从第二天起，他每天抱着小鹿接近猎狗，让它们互相熟悉。接着，他又让小鹿和猎狗一起玩耍。日子长了，猎狗如主人所希望的那样，对小鹿友善起来。

小麋鹿渐渐地长大了，忘了自己是一只鹿。它天天混在狗群里面，把它们当成了自己的好朋友。它时常与猎狗亲近地碰来撞去，一起打滚，一起游戏，和它们的关系一天比一天亲密。猎狗害怕主人，于是装出一副友善的样子与麋鹿周旋着。然而，它们内心里依然想吃麋鹿的肉，经常馋得在背地里舔自己的舌头。

几年之后，麋鹿走出家门，看到不远处聚集着一大群野狗。它高兴地跑过去，想跟它们一起玩耍。野狗看见这只不知死活、自己送上门来的麋鹿，立刻蜂拥而上，将它吃掉了。道路上一片狼藉，惨不忍睹。麋鹿至死也不明白，为什么它所信赖的朋友最终会要了它的命。

[ 阅读点拨 ]

麋鹿丢掉性命的原因是没有自知之明。它不知道的是，自己倚仗着主人的势力，狗才与它交好。人生在世，如果没有自知之明，认不清形势，把敌人当作朋友，便和临江之麋一样可悲！

# 黔之驴

很久很久以前，黔地没有驴子，有人就用船运来了一头驴子。结果，他发现这驴子根本派不上什么用场，就索性放养到山脚下。

山里住着一只威风凛凛的大老虎。这一天，老虎在山林间游荡觅食，突然瞧见了这头驴子。只见它外形高大健壮，四肢结实有力，和老虎平时见到的小动物都不一样。而且，它看到老虎，丝毫没有表现出害怕的神色，仍悠闲地吃着青草，这让老虎的心中平添了一丝恐惧。

过了几天，老虎又小心翼翼地靠近驴子。就在这时，驴子微微动了动脑袋，叫了一声。高亢的声音响彻山谷，惊起林间休憩的小鸟。老虎顿时吓了一跳，飞快地扭过身子，犹如一道黄白相间的闪电，向远处奔逃。"它刚刚不会是要吃了我吧？还好我跑得快。"老虎回想着驴子的叫声，心有余悸。

不过渐渐地，老虎熟悉了驴子的叫声，发现它只是嗓门大而已，没有什么特别的本领。驴子朝老虎大叫，老虎也不再逃跑，而是在驴子周围踱步，来来回回地打量着它，却始终处在犹疑之中，不敢吃掉驴子。

经过一段时间的观察，老虎渐渐消除了疑虑，反而开始戏弄驴子，时而伸出前爪摸一摸它的脑袋,时而倚靠在它身上晒太阳,眼睛半睁半闭,假装不经意的样子,看看驴子会有什么反应。驴子只是发出不满的叫声,生气地抖一抖身子,转向草地的另一边。老虎见状,绕到驴子身后,用力撞击它。驴子终于受不了老虎的冒犯,愤怒地用蹄子乱踢一气。老虎高兴极了,心中盘算道:"原来你的本领不过如此罢了!"接着,老虎一跃而起,露出巨大的獠牙,伸出锋利的爪子,迅猛地扑向驴子。

"今天的午餐真不错。"老虎神气地摇了摇尾巴,迈着大步回家了。

[ 阅读点拨 ]

驴子体形高大、声音洪亮,但它实际上本领有限,只会用蹄子攻击敌人,最后落得被老虎吃掉的下场,真是可悲!这则寓言启发我们要有自知之明,应学会判断自身所处的环境,充分了解自己的能力,再想办法充实自我、提升自我。

## 大鳌与蚂蚁

传说东海里住着一只大鳌，它头顶着蓬莱山，在无垠的海上无拘无束地遨游，腾跃而起就可直达云霄，潜入水中便能触达深渊。

有一只红色的蚂蚁，听说了大鳌的故事之后心驰神往，想亲眼看看大鳌出现的场面到底有多壮观，于是便邀请它的同伴去东海游玩。群蚁跋山涉水，历经数月，终于到达东海。它们翘首以待，急切地想要一睹大鳌的风采。可是，一连等了一个多月，大鳌都潜在水中没有探出头来，群蚁失望极了，打算回家。就在它们动身离开的时候，突然间乌云密布、狂风大作，地面猛烈地震动着，似乎要裂开一般，地底深处响起滚滚的雷声，震耳欲聋。海水也好像沸腾了一样，激烈地翻滚起来，卷起的波浪有万丈之高，迅猛地朝岸边扑过来。群蚁惊惧地看着彼此，推测道："这是大鳌闹出来的动静吧？它一定马上要出来了！"于是群蚁便没有离开，继续等着大鳌出现。

又过了几天，海边恢复了平静，海天相接的地方隐隐约约升起一座大山，挡住了白云，遮住了太阳。大鳌终于现身了！它时而向西边游去，时而又向东边游去。群蚁终于见到了梦寐以求的景象，却觉得不过如此，隐隐有些失望，其中一只红蚂蚁说："大鳌头顶着

蓬莱山，和平时我们背着米粒有什么区别呢？我们在小土堆上逍遥自在，在洞穴里休养生息，这就是属于我们的生活方式。我们又何必辛辛苦苦走几百里来看大鳌呢？"

[ 阅读点拨 ]

群蚁一心想见大鳌，见到之后却觉得这奇伟壮阔的景象与自己背着米粒的形态毫无区别，实在是自欺欺人、见识短浅。世界每天都在变化着，安于现状、不思进取只会被淘汰。我们要永远对美好的理想保持一颗赤子之心，只有敬仰崇高、追求崇高，才能收获光明的未来。

# 与虎谋皮

春秋时期,鲁国的国君鲁定公欣赏孔子的才能,决定重用他。当时,鲁国的政权正在被三桓,即季孙氏、叔孙氏、孟孙氏三大政治家族把持。因此,鲁定公准备召来三桓商议此事。

恰在此时,左丘明求见。鲁定公顺便说道:"寡人看孔子才能过人,所以想重用他,让他帮忙治理鲁国。不过寡人得先问问三桓的意见。"

左丘明听后,连连摆手道:"大王不可!孔子乃当今圣人!圣人一当政,有过失的人就会丢掉自己的官位。您想重用孔子,却想先找三桓商量,他们怎么会同意您的主张呢?"

鲁定公听后,有些摸不着头脑,他疑惑不解地问:"孔子当政对鲁国有益,你怎么知道三桓一定不会同意呢?"左丘明摇头笑笑,说:"我给大王讲一个故事吧。周朝时,有个人喜欢穿皮毛大衣,还喜欢吃鲜嫩的羊羔肉。有一天,他看到邻居穿了一件精致华美的狐毛皮衣,十分羡慕,也想要一件,就去找常在附近出没的狐狸商量,想让狐狸把它那身油光水滑的皮毛脱下来送给他。结果，他话还没说完，狐狸就带着自己的一众狐亲狐友逃到重丘的山脚下，不见了踪影。又有一天，他想办场盛大的牲祭，就跑去村子外面的草地上，找正在那里吃草的山羊商量，请它们送几只羊羔给他。不料，他话音刚落，山羊们就相互呼唤着，带着羊羔藏到深林去了。结果，这个人十年也没有穿上一件狐毛皮衣，五年也没有办成一场牲祭。什么原因呢？是因为他谋划错了。想要狐毛皮衣，就不应该找狐狸商量；想要羊羔肉，就不应该找山羊商量。孔子向来主张削弱三桓的政权，您如今想重用孔子，却去与三桓商量，这无异于向狐狸要皮毛，向山羊要羊羔肉啊！"

鲁定公听了恍然大悟，于是他取消了找三桓商量的打算，直接提拔了孔子。

注："与狐谋皮"后多作"与虎谋皮"。

[阅读点拨]

寻求合作时，想要别人放弃自己的切身利益成全自己，这是十分不切实际的。与狐谋皮的结果只能是无功而返。

# 郑人逃暑

烈日炙烤下的大地仿佛蒸笼一般,草木被晒得焦枯,大狗无力地趴在地上伸着舌头喘气,人们都在想办法躲避这灼人的热气。有个郑国人,他非常怕热,嫌屋子狭小闷得慌,于是带了一张席子,跑到一棵大树下去乘凉。

大树枝繁叶茂,既遮住了火辣辣的太阳,又不妨碍他享受凉风。他背靠着树干坐在席子上,惬意地哼起了小调,却发现遮阳的树影越来越小,身上越来越热了。他眯起眼睛抬头看,发现原来是天上的太阳在移动,树影也就跟着移动。为了能享

受到树荫下的凉爽，他只好随着树荫挪动自己的席子，就这样凉凉爽爽地过完了一天。

到了黄昏，太阳落山，他回家吃完饭，又带着席子到大树底下来乘凉赏月。皎洁的月亮升起来了，清凉的晚风吹着，他舒服得快要睡着了。突然，有几滴露水落在他头上，他不以为意，但露水越落越多，凉凉的，把衣服都沾湿了。

怎么办呢？他抬眼一看，月亮在空中慢慢移动，树影也在地上移动，跟白天的情况是一样的。他想到了白天躲太阳的方法，于是又随着树影挪动席子，没想到这个法子一点都不管用了。他跟着树影走了一圈，身上全湿了，他只好抱着席子回家换衣服。他还纳闷地嘀咕："奇怪，太阳的威力可比露水大多了，为什么我躲得开太阳曝晒，却躲不开这露水湿身呢？"

[ 阅读点拨 ]

虽然这个人在白天躲避太阳的办法很巧妙，但他晚上还用相同的方法去躲避露水，就不是什么聪明的做法了。世事不断变化，我们必须要认识、适应这种发展变化，开动脑筋去解决问题，不能墨守成规，否则会将事情搞砸。

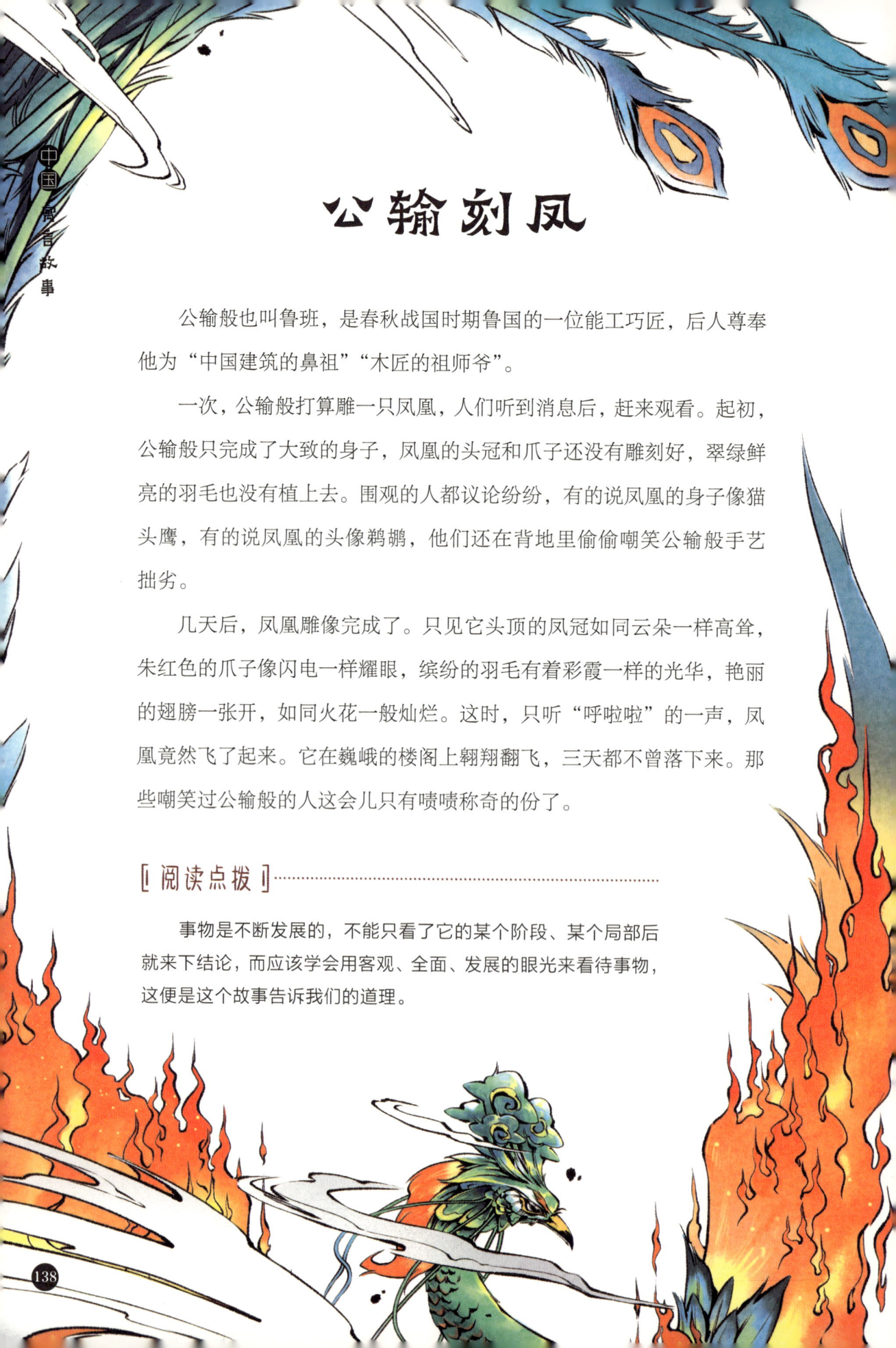

# 公输刻凤

公输般也叫鲁班,是春秋战国时期鲁国的一位能工巧匠,后人尊奉他为"中国建筑的鼻祖""木匠的祖师爷"。

一次,公输般打算雕一只凤凰,人们听到消息后,赶来观看。起初,公输般只完成了大致的身子,凤凰的头冠和爪子还没有雕刻好,翠绿鲜亮的羽毛也没有植上去。围观的人都议论纷纷,有的说凤凰的身子像猫头鹰,有的说凤凰的头像鹈鹕,他们还在背地里偷偷嘲笑公输般手艺拙劣。

几天后,凤凰雕像完成了。只见它头顶的凤冠如同云朵一样高耸,朱红色的爪子像闪电一样耀眼,缤纷的羽毛有着彩霞一样的光华,艳丽的翅膀一张开,如同火花一般灿烂。这时,只听"呼啦啦"的一声,凤凰竟然飞了起来。它在巍峨的楼阁上翱翔翻飞,三天都不曾落下来。那些嘲笑过公输般的人这会儿只有啧啧称奇的份了。

[阅读点拨]

事物是不断发展的,不能只看了它的某个阶段、某个局部后就来下结论,而应该学会用客观、全面、发展的眼光来看待事物,这便是这个故事告诉我们的道理。

# 恃胜失备

有一个强盗，他打家劫舍，为祸乡里，当地的老百姓都深受其苦。

乡里有个习武之人，发誓要把这个强盗除掉。这天，强盗抢完东西就要跑，正好被这人拦住了。这人喝道："大胆毛贼，我今日定要为民除害。"他举着矛向强盗刺去，强盗连忙举剑抵挡。突然，强盗猛地拽下腰间的水囊含了一口水，尽数喷在这人的脸上。这人惊呆了，还没反应过来，强盗的刀刃已经没入了他的胸口，把他给刺死了。

后来，又来了一个壮汉，听说了之前那个人命丧强盗之手的事，说："这强盗如果撞到我手里，我一定要叫他有去无回。"

过了不久，这位壮汉和强盗遇上了。强盗打不过他，想要故技重施，含了口水就往壮汉脸上喷，但水刚出口，壮汉的矛头已经刺穿了他的脖子。强盗睁着眼，直挺挺地倒下了。

[ 阅读点拨 ]

强盗依靠喷水的方法赢过了别人，就以为可以凭借相同的方法再次取得胜利，因此失去防备，反而丧命了。世事变化无穷，我们的方法如果总是一成不变，终究会有无法解决问题的一天。

# 富人之子

齐国有个富人，家财万贯，不幸的是生了两个傻儿子。这个富人天天忙着挣钱，也没空管教自己的儿子，还以为他们聪慧过人呢！

有一天，艾子到富人家做客。富人在忙事务，就让两个儿子招待艾子，忙完后才出来和艾子喝茶说话。富人笑眯眯地问艾子："您看我这两个儿子怎么样？"艾子说："令郎很不错，生得高大，又有礼貌。"富人很开心，不料艾子又说："可是两位公子不通事务，以后怎么持家呢？"

富人勃然大怒，气冲冲地说："你胡说八道！我的儿子们聪慧过人，都

很有才干，怎么会不通事务呢？"艾子不紧不慢地说："是聪慧还是鲁钝，您不妨试上一试。"富人狐疑地问："怎么试？"艾子哈哈一笑，说："您不妨问问您的两个儿子，米是从哪里来的，如果他们知道，我就担了这个胡说八道的恶名。"

于是富人把两个儿子叫来，照艾子说的问了一遍。其中一个儿子笑嘻嘻地说："父亲，这种问题太简单啦，我们怎么会不知道呢？"另一个儿子抢着回答："我知道我知道，米是从布袋里取出来的。"富人收起脸上的笑容，吹胡子瞪眼地说："你们真糊涂，难道不知道米是从田里来的吗？"两个儿子被骂得面红耳赤，讷讷地站在那里不敢说话。

艾子见了，心生感慨："有什么样的父亲就有什么样的儿子，其实也不能全怪他们俩呀！"

# [ 阅读点拨 ]

富人不重视对后代的教育，一旦发现儿子达不到自己的预期，就只会批评指责，这对子女的成长毫无益处。有怎样的家长就有怎样的子女，父母不管不教，子女就会无知无识，这都是养而不教的过错呀！

# 营丘士折难

从前，营丘有个读书人，他个性固执愚钝，总是喜欢和别人辩论，但又总是强词夺理，以为把别人说得哑口无言才算厉害。

有一天，他去拜访艾子，询问道："大车的下面和骆驼脖子的下面，一般都系着铃铛，这是为什么呢？"艾子答道："车和骆驼体积庞大，经常在夜间行路，如果突然在窄路和行人相遇，就容易冲撞到人。而系上铃铛后，过路人能听到铃声，就可以提前做好避让的准备。"

读书人不以为然，又问艾子："佛塔的顶部也放置了铃铛，难道说佛塔也在夜间行路，要通过铃铛的声音提醒人避让吗？"艾子摇了摇头，说："您这番话好不讲道理！鸟雀一般都在高处筑巢，它们的排泄物很是污秽，会把塔顶弄得一片狼藉，所以人们才在塔上装了铃铛，用来驱赶鸟雀，怎么能把佛塔和大车、骆驼混为一谈呢？"

读书人听了很是不服，过了一会儿，他终于想出反驳的话："家养的鹰和鹞的尾巴上也系了小铃铛，难道有鸟雀会在它们的尾巴上筑巢吗？"艾子无可奈何地大笑道："您真是不可理喻！鹰隼捕捉猎物，有时要进入树林中，绑在它脚上的线偶尔会被树枝缠住。如果它被困住，主人便可循着铃

声去找它，怎么能说是为了防止鸟雀筑巢才绑的铃铛呢？"

读书人张着嘴说不出话来，过了好一会儿才叉着腰嘲讽道："我曾经看到挽郎唱挽歌的时候要绑着铃铛，一直不明白其中的缘由，今天才知道他们是被树枝缠住了，方便别人找他们啊。也不知道绑在他们脚上的绳子，到底是皮绳呢，还是线绳呢？"一向温文尔雅的艾子忍不住生气了，不快地回答道："挽郎是死者出殡时牵引灵柩的人，因为这个死者生前喜欢无理取闹，所以挽郎才摇铃取悦他呀！"

[ 阅读点拨 ]

这个读书人在与艾子的辩论中多次胡搅蛮缠，实在是蛮不讲理。铃铛在不同的场合有不同的用途，如果片面地看待，以偏概全，就容易陷入诡辩的怪圈。我们在思考、讨论和解决问题时一定要从客观实际出发，千万不要进行毫无道理的争辩。

# 盲人识日

有个天生眼盲的人，从没见过太阳，于是就问别人："太阳是什么样子的？"别人告诉他："太阳的形状像个铜盘。"盲人用手指敲了一下铜盘，听到"咚"的一声响，他便把这声音记在了心里。有一天，他听到有敲击铜钟的声音传来，开心地说："啊，太阳出来了呢。"

其他人说："这可不是太阳，是钟。"他疑惑地问："那太阳到底是什么样子的？"人家告诉他："太阳是会发光的，跟蜡烛一样。"盲人摸摸蜡烛，是细细的筒状，又把太阳的样子记下了。有一天他摸到一根短笛，惊喜地说："啊，这不就是太阳吗？"

太阳和钟、短笛简直有天壤之别，但盲人不知道它们的差别，因为他没有亲眼见过太阳，只是从别人那里听来的。虽然别人的比喻很生动，但他只能由铜盘知道钟，由蜡烛知道笛子，怎么能知道太阳真正的样子呢？

[ 阅读点拨 ]

这个世界是复杂的，事物的规律比"太阳是什么样的"还要难以琢磨，我们只有认真探索才能获取真相。光是依靠道听途说去揣测，我们只会一知半解，和盲人又有什么区别呢？

# 囫囵吞枣

从前,有几个人坐在一起,吃着水果,谈笑风生。其中有个博学多识的老爷爷一手拿着梨子,一手拿着枣子,笑着说:"吃梨子对人的牙齿有好处,但是对人的脾脏有害处;吃枣子则恰好相反,对人的脾脏有好处,但是对人的牙齿有害处。"有个呆头呆脑的小孩听完他的话,瞧瞧梨子,又瞅瞅枣子,思索了许久。过了一会儿,他突然茅塞顿开地拍了拍手,兴奋地说:"我想到一个好主意!我吃梨子只用牙齿咬,不咽到肚子里去,这样就不伤脾了;吃枣子的时候呢,我就直接吞下去,这样就伤不到我的牙齿了。"

有个喜欢开玩笑的人打趣道:"你这不是将整个枣子连核一起吞下去了吗?这样难以消化,怎么能对身体有好处呢?"在场的人都笑得前仰后合,小孩不好意思地挠了挠头,羞红了脸。

[ 阅读点拨 ]

把枣子直接吞进肚子里是尝不到什么滋味的。我们学习知识也是如此,如果只是一味吸收、不求甚解,不将知识拆分、消化并真正转化为自己的东西,是起不到任何效果的。

# 金钩桂饵

鲁国有一个人，十分讲究排场，吃的、穿的、用的，都要是最好的。这个人喜欢上了钓鱼，觉得其他人钓鱼用的钓具太过寒酸，特意花了大价钱，请匠人为他打造世界上独一无二的钓具。

他用上好的木材制作钓竿，用黄金打造鱼钩，上面镶嵌着雪白的银丝和碧绿的玉石，而鱼线是用翡翠鸟的细毛捻成的。至于鱼饵，那些脏兮兮的蚯蚓当然配不上这么华贵的鱼竿，所以他弄来了香喷喷的肉桂穿在鱼钩上。

总算把所有的准备都做好了，这个人选择了一个钓鱼的绝佳位置，又调整好钓鱼的姿势，拿起鱼竿一甩，鱼线和鱼钩在阳光下划出一道夺目的光线，坠入清凌凌的水里。

这个人做足准备，用最大的诚意去钓鱼，他等啊等，最后却几乎没钓到什么鱼。这是为什么呢？因为钓鱼最重要的不在于钓具有多华贵，而在于钓具是否实用，钓鱼人的技术是否到位。凡事都要讲究实际，否则表面功夫做得再足也没用啊！

[ 阅读点拨 ]

钓鱼重在技术，把钓具装饰得过于华美，反而只会适得其反。现实生活中，我们也要脚踏实地地做事，而不是把时间和精力都花在表面功夫上。

# 越人溺鼠

老鼠喜欢在夜深人静的时候从洞穴中爬出来偷粮食，这让人们非常头疼。有个越国人把家里的米储藏在米缸里，一只老鼠发现了，放肆地饱腹一顿，并招呼同伴过来吃。过了一个多月，米缸都快见底了，这个越国人对老鼠深恶痛绝，却一直束手无策。他的朋友告诉他一个法子，他听到之后眼前一亮，高兴地拍手称快。

很快，这个越国人照着友人的办法，把米缸里的米倒出来，换成满满一缸水，又在水面上撒上一层厚厚的谷壳。这天夜里，饥肠辘辘的老鼠又出来觅食，它看到满满一缸"粮食"，垂涎欲滴，兴冲冲地呼喊同伴过来一起享用美食。谁知当它们刚跳进去，就"扑通扑通"地落入谷壳下的水中，再也爬不出米缸了。

[阅读点拨]

老鼠贪婪而愚蠢，越国人正是利用了老鼠的弱点，最终将其一网打尽。贪婪的人欲壑难填，永远不会满足，但他们最后也必定会为自己的所作所为付出代价。

# 迂儒救火

春秋战国时期,赵国人成阳堪家中失了火。等人发现时,火苗已经蹿得很高了。大家手忙脚乱地提着水桶泼了半天,火势却丝毫没有减弱。眼看着火舌就要舔舐到房梁了,成阳堪急中生智,想出了从屋顶往下泼水的办法。可是家中没有梯子,成阳堪赶紧派儿子成阳肭去奔水氏家里借。

成阳肭先回到内室,脱下刚刚救火时弄脏的衣服,换上自己走亲访友时的穿着,又取出头冠,对着镜子端端正正地戴在头上。把自己从里到外收拾得妥妥帖帖之后,他才迈着优雅闲适的步子向奔水氏家里走去。见到奔水氏,他先恭恭敬敬地鞠了三个躬,然后进到厅堂里,默默地坐在客位上。

奔水氏连忙命家仆设宴，摆了一桌子好酒好菜来招待他，席间还不停地给他倒酒添菜。成阳胐也不时地端着酒杯站起来，向主人敬酒还礼。喝完了酒，奔水氏问道："先生今天来，是不是有什么吩咐？请问何事需要我为您效力？"成阳胐这才说道："今天我家房子突然着了火，火势汹汹，烧得正旺。家里人想要登上屋顶灭火，无奈两肩没长翅膀，只能干望着被烈焰包围的房屋哭嚎。听说您家里有梯子，可否借我一用？"奔水氏听后，又急又气，连连跺脚道："你真是太迂腐了！太迂腐了！牛羊在山中吃草，看到老虎，也会赶紧吐出口中的食物，连忙逃命。人在河里洗脚，看到鳄鱼，鞋也不要了，急忙跑上岸。烈火都烧上你家屋顶了，你竟然还在这里文绉绉地打躬作揖？！"

奔水氏急忙找出自己家的梯子，扛着它就往成阳堪家中跑。他赶到的时候，成阳堪家的房子早就被烧成灰烬了。

[ 阅读点拨 ]

凡事都有轻重缓急之分。成阳胐在情况如此紧急的时刻，依然把儒者讲究仪表与礼节的事放在第一位，这是极度迂腐和愚蠢的行为。做事时，一定要懂得变通，按照当下情况，分清孰轻孰重，先做紧急和重要的事情。

# 东郭先生和狼

山间的路弯弯绕绕,崎岖不平。东郭先生牵着一头跛脚毛驴正在赶路,他带了满满一大口袋书驮在驴背上,想要前往中山国谋得一官半职。

突然,路边林中窜出一只受伤的狼,它拦住东郭先生,声称自己正在被打猎的人追捕,如果先生今日伸出援手,它将来必定会涌泉相报。先生回答:"我熟读经义,以兼爱为本,不图什么回报,哪有见死不救的道理!"说完,就把口袋中的书拿出来几卷,让狼钻进去躲藏。可先生心善,一会儿担心磕着狼的下巴,一会儿害怕压着狼的尾巴,装了三次都没有成功。狼哀求道:"事态紧急啊,先生还请快点吧。"它蜷缩起四肢,像蛇一样盘起躯体,像乌龟一般屏住呼吸。先生刚用绳子把口袋束上,就看到打猎的公卿贵族骑马赶来。为首的人问东郭先生见到狼没有,先生摇摇头,成功地帮狼逃过了一劫。

等到围猎的车马走远,狼请求东郭先生把绳子解开。先生依言放了狼,可没想到狼却露出尖牙,咆哮着说:"多亏先生救我,但我现在饿坏了,再不吃肉就要饿死了。与其饿死,还不如刚才死在打猎人手中。先生何不好人做到底?让我吃了你填饱肚子!"

眼见恶狼向前扑来,东郭先生慌乱地躲在驴子后面,边跑边躲。先生一直奋力反抗,狼也始终不能得手,他们跑得气喘吁吁,隔着驴子停了下来。

先生愤恨道:"你忘恩负义!"

狼却振振有词:"我本不想背叛你,但你们人类,天生就是要被我们野兽吃掉的。"

双方相持不下,先生知道天色一晚,群狼将至,到时候必死无疑。他

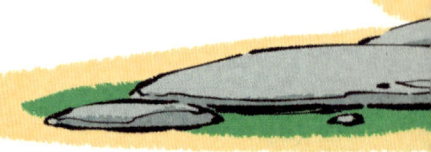

便对狼说:"不如我们只管走,路上碰见谁就问问他,我该不该被吃。如果一连三人都说我该被吃,那你就吃吧。"

狼喜冲冲地走在先生前面,可过了很久都没碰见路人。狼饿极了,看见路旁立着一棵老树,就对先生说:"可以问问这老树。"

"草木无知,问它有什么用?"

"你只管问吧,它肯定有话说。"

先生不得已,向老树作了个揖,讲述了事情的始末。老树听后发出轰轰响声:"我乃杏树,当年园丁种我的时候,只费一颗杏核。才过了一年,我便开花,又过一年,我便结果,三年有合掌那么粗,十年有合抱那么粗。园丁吃我果实,他妻子吃我果实,宾客、仆人,全都吃我;园丁甚至还把我的杏果拿到集市去卖。到如今我太老了,不能再开花结果,园丁就想砍伐我的枝条,把我送到木匠那里换钱哪!我这一生为园丁立下多少功劳啊,尚且不能免于斧凿刀砍的结局。你对狼有什么功德,可以免于一死呢?我认为你应当被吃。"狼听了马上举起利爪,先生忙说:"说好要问三个人!再接着走!"

狼更加着急,看见墙下卧着一头老牛,就对先生说:"可以问问这老牛。"

"禽兽无知,问它有什么用?"

"你只管问吧，不问现在就吃了你。"

先生不得已，向老牛作了个揖，讲述了事情的始末。老牛皱着眉头说："老杏树说得没错！当我还小时，老农只拿一把菜刀就换得了我。我日益长大，家中事务都由我承担，他要驾车，我便拉着车急速飞奔；他要种田，我便去野外犁地耕作。一家人的衣食仰仗我供给，嫁娶仰仗我完成，赋税仰仗我交付，粮仓仰仗我充实。到如今我太老了，骨瘦如柴，四肢无力，老农的妻子一天到晚念叨，牛肉好吃，牛皮好穿，牛骨和牛角还可以做成器皿。我这一生为老农立下多少功劳啊，尚且不能免于被宰杀的命运。你对狼有什么功德，可以免于一死呢？我认为你应当被吃。"狼听后心中大喜，先生忙说："不要急！再问一人！"

远处有一位老人拄杖走来，衣冠楚楚，须发皆白，似乎是个明事理的人。东郭先生立刻迎上前去，哭着跪拜在地："求老人家说句公道话，救我一命啊！"老人问起缘故，先生讲述了事情的始末。

老人听罢，叹息不已："你这恶狼恩将仇报，罪大恶极！赶快滚，不然我用木杖打死你！"

狼却狡辩说:"您只知其一,不知其二。当初先生救我时,把我关在袋子里,压上书卷,扎紧口袋,弄得我差点儿喘不上气。再说,他对打猎人撒谎,实际上是想把我憋死在袋子里独占好处!这样的人怎能不被吃?"先生可不认同这样的说法,赶紧解释自己当时是如何怜惜狼、怕它受伤的。

老人见双方各执一词,就提议:"公说公有理,婆说婆有理,不如你俩把当时的场景再演示一下,让我来评判评判。"狼欣然同意,便缩手缩脚地钻进了袋子。先生也像当初那样绑紧了口袋。

这时,老人趴在先生耳边低声问:"有匕首没有?"先生东找西找,才掏出一把匕首。老人示意他赶快动手,没想到东郭先生还在犹豫。

"这禽兽如此背信弃义,你还不忍杀它。如此解救他人,和置自己于死地有什么两样?仁慈不该被愚蠢所误导啊!"

东郭先生终于有所醒悟,和老人一起合力杀死了狼,将口袋丢弃在山林后便离开了。

[阅读点拨]

善良一定要有边界。对于像狼一样的坏人,我们不能滥施同情心,好心救助他们,否则,就有可能面临被恩将仇报的后果。

# 古琴价高

古时候，有一位叫工之侨的制琴师，他偶然间获得了一块上好的梧桐木，便用这块木头精心制作了一把琴。琴做好之后，工之侨非常满意，忍不住抚琴拨弦，琴声如高山流水，倾泻而下，又像金石和玉器互相撞击发出的声音，清脆动听。工之侨大喜过望，认为它是这世间最好的一把琴，便把它献给了朝廷中掌管礼乐的太常。

太常听了工之侨对这把琴的夸赞，很感兴趣，就命乐官鉴定这把琴。乐官认真端详了琴的材质和色泽，又摸了摸琴的纹理，摇了摇头，回答道："这把琴不是古琴，没有什么价值。"太常非常失望，令人把琴退还给工之侨。

工之侨心里郁闷不快，他回到家之后，请漆工在琴上画了一条条断裂的纹路，故意把琴做旧，又请篆工在琴上篆刻，模仿古人的题字。接着，他小心翼翼地把改造后的琴放到琴盒中，埋在了地下。过了一年，工之侨把琴挖出来，发现琴身有很多腐蚀、生锈的痕迹，但他并不在意，直接放到集市上售卖。有个达官贵人经过，看到这把琴，如获至宝，立刻重金买下，也把它献给了朝廷的乐官。乐官们争相传看这把"古琴"，啧啧称赞道："好美的古琴哪！真是稀世珍宝！"

工之侨听说了这件事，哀叹道："难道只有一把琴会被这样对待吗？可悲的是，这世上没有什么不是这样的！如果我不早点离开，就要和这个世界同流合污了！"于是他隐居深山老林之中，无人知晓他后来发生了什么。

[ 阅读点拨 ]

明明是同一把琴，经过包装和加工，就从不值钱的东西变成了稀世珍宝，为什么前后的待遇差别这么大呢？那是因为乐官们片面地通过琴的外表来判断它的好坏，从未试着去弹奏它。这警示我们不要被事物的表面所迷惑，要学会透过现象看本质，才能发现它是否真正具有价值。

# 象 虎

楚国有一个农夫,每到深夜,他的家里总是有狐狸出没并偷吃东西。他深受其扰,尝试了很多办法赶走狐狸,但都没有成功。有人给他出了一个主意:"老虎是百兽之王,天底下的野兽一看到老虎就吓得魂飞魄散,你可以假扮成老虎吓跑狐狸。"于是,农夫就请人做了一个老虎模型,再把虎皮盖在上面。到了晚上,狐狸又来偷东西吃,一看到"老虎"就害怕得跌倒在地。农夫解决了困扰已久的难题,终于美美地睡上了一个安稳觉。

有一天,一头野猪跑到农夫的田里乱窜,肆意践踏庄稼。农夫非常着急,来回踱步想着法子,突然他灵机一动,又把老虎模型摆在田里埋伏,并让他的儿子拿着武器,守在

田地旁的大路上拦截野猪。等到野猪又出现的时候，田里的农夫大喝一声，受到惊吓的野猪像只无头苍蝇似的四处逃跑，突然看到前方趴着一只大"老虎"，便迅速掉头逃到路上，正好被农夫的儿子抓个正着。农夫高兴极了，认为只要有了这个老虎模型就可以降服天底下所有的野兽。

就在这时，远处出现了一只野兽，外形很像马，农夫自信满满地拿着老虎模型迎上去驱赶。他的邻居赶紧阻止他说："等等！这可是驳啊，真老虎都奈何不了它，你去了就是送死呀！"农夫不把那人的话放在心上，大摇大摆地走过去。只听得驳大吼一声，声音如同惊雷一般，响彻天际，还没等农夫反应过来，驳就大叫着冲上来，一口咬住了他。

[ 阅读点拨 ]

老虎可以吓退狐狸和野猪，但吓退不了驳，农夫不听劝告、不知变通，遇到比老虎还厉害的野兽，仍企图伪装成老虎吓退它，最后自讨苦吃。我们面对不同的问题，要寻找不同的解决办法，从实际出发，具体问题具体分析。

# 常羊学射

　　从前，有个名叫常羊的年轻人，非常喜欢射箭，但他的箭术还不够纯熟。后来，他听说附近有个名叫屠龙子朱的人，箭术极其高超，被人们称作"神射"，便决定拜屠龙子朱为师，学习射箭的技法。

　　屠龙子朱被常羊的一腔热情深深感动，点头应允了。在正式传授技法之前，屠龙子朱问常羊："和这世间其他的事物一样，射箭也有一个最基本的道理，你想听听吗？"常羊答道："老师请讲，学生洗耳恭听。"于是，屠龙子朱就给常羊讲述了这样一个故事。

　　有一天，楚王在云梦泽打猎。他让掌管这一带山泽的官吏将林中的兽禽驱赶出来，以便他射杀。不一会儿，一只漂亮的鹿出现在楚王的左边，一只肥壮的麋鹿出现在楚王的右边。楚王正要拉弓射箭，又有一只

天鹅拂过他背后插着的红色小旗，如白云般轻盈飞过。楚王的箭搭在弦上，一会儿瞄向左，一会儿瞄向右，一会儿又瞄准空中的天鹅，不知道到底要射哪一个。这时候，精通箭术的大夫养由基对楚王说："大王，臣射箭的时候，经常放一片叶子在百步之外，然后射它，往往十发十中。如果在百步之外放十片叶子，那能不能射中，臣就不能确定了。"

常羊听完这个故事，立刻明白了射箭最基本的道理。自此以后，他的箭术突飞猛进。

[ 阅读点拨 ]

射箭最基本的道理其实很简单，即一心一意、专心致志。在纷繁的世界里，那些贪心的人受到的诱惑一多，就往往三心二意，弄不清楚自己到底想要什么，就像在云梦泽打猎的楚王一样，不知道自己到底该射哪一个，结果一个也没射中。我们做事前，一定要明确自己的目标，并坚定地向着这一个目标进发，这样才能获得成功。

# 荆人畏鬼

荆国（楚国）有个人非常怕鬼，他听到枯叶落地的声音，或者蛇与老鼠爬行的响动，都觉得是鬼。村子里有个小偷，知道他这个毛病后，就整晚待在他家墙根下，故意发出类似的声音。这个人果然被吓到了，他把头缩在被子里，瑟瑟发抖，眼睛都不敢往旁边看一下。小偷一连用同样的方法试探了四五个晚上，都是如此。又到了一天夜里，小偷便大摇大摆地进了他家屋子偷东西，没几个晚上，就把他家的东西搬了个空。

村里人听了他家失窃的事，都笑话他。有人故意骗他说："这真是鬼拿走的！"这个人有时也困惑不解，但又断定就是鬼干的。

又过了几天，村子里的小偷被抓住了，他家失窃的东西都被人从小偷家里搬了出来。证据确凿之下，他还是认为这是鬼干的，是鬼将东西偷走后送给了小偷。

[阅读点拨]

人一旦迷信起来，就会远离科学与事实，而且容易被坏人利用，做出愚蠢的事。迷信盲从，最终只会害了自己。

# 越人造车

有一个越人在游历的时候，在晋国和楚国的边界得到了一辆车。这辆车破破烂烂的，车轴腐朽了，车轮坏了，活销和车辕都断了，已经没法再使用。但越国没有车，他还是用船将车载了回去。

回去后，他告诉乡亲们："大家看好了，这就是车，用途可大着呢……"他滔滔不绝地说起了车的功用，大家都信以为真，啧啧称奇。他们以为车本来就是这个样子的，纷纷效仿，造出了很多车。

其他国家的人看到越人这些粗制滥造的车，都笑话他们："真是太荒唐了，这些东西也能称作车？"越人不信，还以为他们是嫉妒越国有了造车的技术。后来，有外敌侵略越国，越人信心满满地拉着那些简陋的车去战场上御敌。但这样的"战车"根本就不堪一击，最后车全都坏了，越人也大败而归。从始至终，他们都不知道真正的车到底是什么样的。

[ 阅读点拨 ]

谦虚学习是没有错的，但对于学习的内容应该有所选择，如果不分好坏一并吸纳，容易得不偿失。

# 疑人窃履

从前有个楚国人，和他的仆人一起在朋友的家里借宿。没想到这仆人心术不正，见他的朋友有一双漂亮的好鞋，就把鞋子偷去藏了起来，而楚人对此毫不知情。

没过几天，楚人吩咐仆人到集市上去买鞋。仆人又动了歪心思，私藏了楚人给他的钱，把之前偷来的鞋子当作买来的新鞋，交给了楚人。因为这双鞋还是新的，楚人并没有发现什么端倪。

后来，楚人的朋友来拜访他，看到自己不久前丢失的那双鞋子竟然穿在他的脚上。朋友又惊又怒，说："你从我家走后，我就发现我的鞋子丢了，我居然还相信你的人品，丝毫没有怀疑你，

没想到你竟然真的做出这种盗窃的事来。"楚人惊愕地说："我没有偷啊，这是我的家仆买来的。"他的朋友哪里听得进他的解释，怒气冲冲地说："我本来觉得你的德行很端正，所以才和你交朋友，没想到你居然是这样的人，我们从此一刀两断吧。"看着朋友拂袖而去，楚人又纳闷又委屈。

过了几年，这个仆人爱贪便宜、手脚不干净的毛病暴露得越来越明显，终于有一天东窗事发，被逮了个正着，而他偷鞋子的旧事也被抖了出来。楚人终于知道事情的原委，写信将来龙去脉告诉了他的朋友。

朋友收到信之后愧疚万分，责怪自己不分青红皂白，错怪了好友。这位朋友来到楚人的家里，向他道歉："是我不够信任你，才随随便便地怀疑你。请你原谅我的过错，我们还像以前一样继续做朋友吧。"

[ 阅读点拨 ]

朋友看到自己的鞋子穿在楚人脚上，就怀疑是楚人偷了鞋子，谁能想到是仆人动的手脚呢？世事错综复杂，有时候我们看到的并不一定是真相，所以做出判断必须要讲究真凭实据。我们在与人相处时，不要随便怀疑他人，否则容易伤害到无辜的人，使感情产生裂痕。

# 猩猩嗜酒

人有各种各样的爱好，动物也不例外。譬如猩猩，就是野兽中的酒鬼。

山民们很了解猩猩的嗜好，他们把甜酒倒进酒壶里，摆上大大小小的酒杯，还编了许多草鞋，用草绳把这些鞋子连缀在一起，放在道路旁等着猩猩上钩。山风一吹，酒香飘得老远，熏人欲醉。

猩猩们结伴经过，看见酒具和草鞋，知道这是山民要用来引诱自己上当的，气得破口大骂。猩猩们知道山民和他们的父母祖先的姓名，挨个儿将这些人痛骂了一遍，一时间唾沫横飞。骂完以后，猩猩们平静下来，立刻就感觉到浓郁的酒香味直往鼻孔里钻。

有的猩猩扛不住诱惑了，对同伴说："你们看，那里有丁点儿大的酒杯，我们可以稍微尝一点的，不过量就行啦。"猩猩们觉得不错，于是取了小酒杯来喝酒，一边喝，一边骂骂咧咧地说："这些愚蠢的人，想捉住我们，别做梦了，我们喝完这点马上就走，让你们什么都捞不着。"

甜酒实在是太好喝了，猩猩们忍不住又喝了一杯。就这样一杯接一杯，它们喝得酩酊大醉，索性拿起大酒杯酣畅淋漓地喝起来，至于自己会不会喝醉、会不会被人捉住等这些顾虑，早被抛到脑后去了。

猩猩们喝醉了以后，在那里挤眉弄眼地玩笑嬉闹，看见旁边摆放着许多草鞋，叫道："平日里只有人穿鞋，这样就不怕扎、不怕硌了，我们也来试一试。"它们嘻嘻哈哈地穿上草鞋。等到人们从隐藏的地方跑出来抓它们时，猩猩们吓得酒都醒了一半，乱哄哄地要逃跑，可它们脚上的草鞋都是联结在一起的，结果互相踩踏牵绊，摔了个七仰八翻，最后都被抓住了，没一个跑掉。

[ 阅读点拨 ]

　　猩猩们头脑聪明，知道人在诱惑它们，但最终还是被捉住了，这是它们的贪心造成的呀！我们面对诱惑时一定要始终坚守原则，如果禁不住诱惑，就算分得清利弊，也会一步一步、不受控制地走向不好的结果。

# 争 雁

从前,有一对兄弟,平时都喜欢射箭。这天,他们结伴外出打猎,看到蔚蓝的天空中有大雁飞过,哥哥马上张弓搭箭,喜滋滋地说:"这只大雁个头不错,我把它射下来炖汤喝。"弟弟听他这么说,急忙攥住了哥哥捏着箭矢的手,说:"飞得慢的雁煮着吃才好吃,这只雁飞得快,烤着吃才美味呢!"哥哥甩开他的手,说:"你知道什么!飞得快的雁身形矫健,身上精肉多,炖烂了才好吃;飞得慢的一身肥肉,那才适合烤着吃哩!"弟弟不服气地说:"你别瞧不起人,虽然我比你小几岁,但我的经验并不比你少。"哥哥生气了,大声说:"是我看到的大雁,我把它射下来,想怎么吃就怎么吃。"弟弟也说:"我也看到了。咱俩一起射,谁能射中还说不定呢!"

就这样,兄弟俩为一只大雁争得面红耳赤。弟弟提议道:"咱们不如到城隍庙那里去,请庙里管事的长者来做决断。"哥哥想了想,说:"也好,他老人家一向公正,就听他的吧!"

听了兄弟俩的来意,老人家哈哈大笑,捋着花白的胡子说:"这还不简单,你们把大雁切成两半,

一半煮着吃,一半烤着吃,问题不就解决了吗?"兄弟俩恍然大悟,说:"真是个好主意,我们快去把大雁射下来吧。"他们俩开开心心地出去了。老人家摇摇头说:"真是两个傻孩子,以为大雁还傻呵呵地等着他们俩去射呢。罢了,让他俩长长记性吧。"

兄弟俩跑出去找那只大雁,可哪里还见得到它的影子,大雁早就飞到很远的地方去了。

[阅读点拨]

这对兄弟为了大雁的烹饪方式争执不下,耽误了射下大雁的时机,一无所获。可见我们做事要分清轻重缓急,否则可能错失机会,只能品尝失败的苦果。

# 万 字

汝州有个土财主，他家十分富裕，但是世世代代都不识字。财主吃了许多没有文化的亏，他经常向妻子感叹："唉！虽说咱家家产雄厚，但是祖祖辈辈都不识一字，出门做事，很多人都打心眼儿里看不起我。早知如此，我当初就该求父亲让我读书。我但凡认识几个字，都不会有今天这种境地。"

有一天，当他又在感叹不识字的坏处时，他的妻子说："你已经过了求学的年纪，如今再后悔也于事无补。但咱们的儿子现在正是该读书的时候，为什么不请个老师来教他呢？"

财主一听，觉得有道理。于是这一年，他便托人请了一位从楚地来的教书先生。行过拜师礼之后，这位先生便正式开始教他的儿子了。第一天的内容是最基础的握笔临帖。先生打算从最简单的几个字教起。他拿起笔在纸

上写了一横,对财主的儿子说:"这是'一'字。"财主的儿子看着纸上的那一横,心想:"父亲经常说识字难,我看分明很简单嘛!这'一'字不过就是这么画一横,有什么难呢?"先生又在"一"字下面添了一横,说:"这是'二'字。"财主的儿子看到这里,心想:"'一'是一横,'二'是两横,那'三'岂不就是三横了?"果然,先生又在下面添了一横,说:"这是'三'字。"财主的儿子顿时满脸喜悦,他扔下笔,跑回家里,对他父亲说:"孩儿学会了!孩儿已经全部学会了!您可以不用再麻烦先生,多花学费了!把他辞掉吧!"财主一听非常高兴,于是准备好酬金,谢过先生之后,就将他打发走了。

过了一段时间,财主想请姓万的亲家来喝酒,便让儿子早上起来写请帖。不料,从早上等到中午,半天过去了,儿子写的请帖还不见拿过来。财主等得不耐烦了,便亲自去催。只见儿子满头大汗,正埋首在案前,拿着笔奋力地在纸上画着。他见父亲进来了,一边写一边气愤地说:"天下的姓氏这么多,干吗非要姓'万'呢?我从早上不停地写到现在,才写完五百画!"

[ 阅读点拨 ]

这位财主的儿子学字只学了个皮毛,就以为自己已经掌握了全部,结果闹出了笑话。要想做成事,就不能骄傲自满、自以为是,而是应该心怀谦卑,有耐心和恒心。

# 鸲鹆学舌

南方有一种名叫八哥的鸟，别名鸲鹆。南方人会捕捉并训练八哥发声，以此取乐。久而久之，八哥就学会了模仿人说话，然而它只能模仿几句话，所以它整天说话，也就是重复那几句而已。但是，八哥却觉得自己非常了不起，得意极了。

有一天，蝉在庭院里的树上"吱吱——吱吱——"地鸣叫，笼子里的八哥听到以后就嘲笑它说："你的叫声太难听了，不像我，聪明伶俐，会模仿人说话。"蝉不屑地回答道："你能学人说话，确实很厉害。但是你说的话，不是你真正想说的。不像我，可以自由自在地发出自己想发出的声音，这样多快乐呀！"八哥听了，立刻低下了头，非常惭愧，从此之后它再也没有模仿过人说话。

[阅读点拨]

生活中不乏八哥这样喜欢人云亦云的人，总是照搬他人的经验，照抄他人的方法，但一味地模仿别人并不是长久之计，只有勇于展现个性、表达自己，方能活出属于自己的精彩人生。

# 医驼背

　　从前有个医生,宣称自己会治驼背。他说:"背驼得像弓一样的,像虾一样的,甚至更严重些,像只曲环一样的,只要请我去治,我保证上午治疗,下午他的背就能直得像根箭矢一样了。"有个人信以为真,就请他来为自己治疗驼背。

　　医生来到这户人家之后,先要来两块木板,一块铺在地上,让驼背的患者趴在上面,另一块压在患者身上,然后用绳子绑得结结实实的。弄完之后,他整个人跳上去,站在木板上使劲往下踩。患者觉得越来越疼,忍不住直着脖子大叫起来。"很快就好了,再坚持一下。"医生一边这么说着,一边踩得更用力了。过了一会儿,患者就不出声了。

　　就这样,患者的背终于被弄直了。治疗结束后,家人解开绳子,才发现患者已经断了气。这家的儿子见状,一把抓住医生,就要去官府里告他。医生两手一摊,说:"我只是个治疗驼背的,只管把人的背变直就好,哪里还管人生死呢?"

[ 阅读点拨 ]

　　一件事情的目标固然很重要,但做事的方法也很重要。如果只追求目标而不注重方法,那么事情很可能越弄越糟。

# 蜀鄙之僧

清朝的时候,在蜀地的偏远山区住着两个和尚,其中一个非常有钱,另一个则非常贫穷。有一天,衣衫褴褛的穷和尚手执佛珠,询问富和尚:"我想去南海朝佛,你看怎么样?"富和尚惊讶地问:"你没有钱,要怎么去呢?"穷和尚悠悠地答道:"我只要带一只装水的瓶子和一个盛饭的木钵就够了。"

富和尚不以为然,讥笑道:"几年来,我都梦想着能雇一艘船下南海,但到现在还是没能如愿,你就带这两

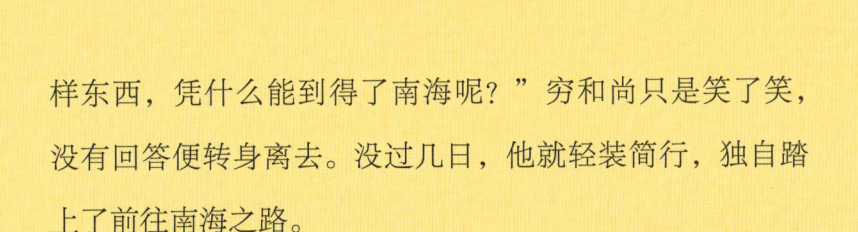

样东西,凭什么能到得了南海呢?"穷和尚只是笑了笑,没有回答便转身离去。没过几日,他就轻装简行,独自踏上了前往南海之路。

第二年,穷和尚风尘仆仆地从南海归来,虽然翻山越岭、历经艰苦,但他的神情始终超然恬静。他去看望富和尚,讲述了自己云游南海的经历,富和尚听完,若有所思,非常惭愧。

[阅读点拨]

蜀地在西边,距离南海有几千里远,富和尚计划了几年也没去成,但穷和尚却顺利到达了。可见,只要认真去做,再难的事也能迎刃而解;相反,如果始终不付诸行动,再容易的事都会变得困难。

# 大 鼠

在明朝万历年间，皇宫中突然出现了很多老鼠，它们体型壮硕，足足有猫那么大，破坏力极强，搞得皇宫里人仰马翻。主事的人特意从民间找了好多凶悍机敏的猫来捕捉老鼠，没想到这些猫都被老鼠吃掉了，宫中的人都惊骇不已。

说来也巧，此时正好有外国使臣来朝进贡，贡品中就有一种浑身雪白的狮猫，体型像猫，长相却和狮子有几分相似，看起来威风凛凛。侍臣把狮猫放进老鼠经常出没的屋子里，关上窗户偷偷观察。

只见这猫沉稳得很，进屋后只是静静地蹲在地上等候。蹲了好一会儿，老鼠才鬼鬼祟祟地从洞里探出头来，发现没人，便放心大胆地出来了。见到狮猫以后，老鼠竟愤怒地大叫一声，张牙舞爪地向猫扑去。哪知这猫长得威武，脾性却怂得很，"嗖"一下避开老鼠的攻击，轻轻巧巧地跳到桌子上。老鼠见这只大猫也怕它，更得意了，也跟着跳上去追，没想到猫又跳下来了。

狮猫在逃，老鼠在追，一猫一鼠围着桌子上蹿下跳，不下百次。窥视的人说："什么狮猫，原来也这般胆小无用，逃跑的功夫倒不错。"

老鼠追着猫跳上跳下，动作渐渐迟缓下来，肥硕的肚皮一鼓一鼓的，趴在地上喘气休息。这时，一直在狼狈逃窜的猫倏地跳下桌子，用爪子抓住老鼠头顶的毛，一口咬住老鼠的脖子，速度快得惊人。老鼠也不是那么好对付的，凄厉地大叫一声，剧烈地反抗起来。一猫一鼠激烈争斗，狮猫呜呜的怒吼声和老鼠吱吱的惨叫声传来，侍臣急忙打开窗户，只见原本嚣张的老鼠已经倒在地上不动了。

大家这才明白过来，狮猫一开始躲避大鼠并不是因为胆怯，而是在等待它体力不支，放松戒备，这才终于制服了这只大老鼠。

## [阅读点拨]

敌攻我守，敌退我进，后发制人，这是多么高明的战术啊！而那些有勇无谋、逞一时之勇的人，和这只猖狂好斗的大老鼠又有什么区别呢？我们做事要善于动脑，运用智谋，单凭意气和勇猛很难成事啊！

# 附录·原文

## 揠苗助长 《孟子·公孙丑上》

宋人有闵其苗之不长而揠之者,芒芒然归,谓其人曰:"今日病矣!予助苗长矣!"其子趋而往视之,苗则槁矣。天下之不助苗长者寡矣。以为无益而舍之者,不耘苗者也;助之长者,揠苗者也——非徒无益,而又害之。

## 五十步笑百步 《孟子·梁惠王上》

梁惠王曰:"寡人之于国也,尽心焉耳矣。河内凶,则移其民于河东,移其粟于河内。河东凶亦然。察邻国之政,无如寡人之用心者。邻国之民不加少,寡人之民不加多,何也?"

孟子对曰:"王好战,请以战喻。填然鼓之,兵刃既接,弃甲曳兵而走。或百步而后止,或五十步而后止。以五十步笑百步,则何如?"

曰:"不可;直不百步耳,是亦走也。"

曰:"王如知此,则无望民之多于邻国也。

"不违农时,谷不可胜食也;数罟(cù gǔ)不入洿(wū)池,鱼鳖不可胜食也;斧斤以时入山林,材木不可胜用也。谷与鱼鳖不可胜食,材木不可胜用,是使民养生丧死无憾也。养生丧死无憾,王道之始也。

"五亩之宅,树之以桑,五十者可以衣帛矣。鸡豚狗彘(zhì)之畜,无失其时,七十者可以食肉矣;百亩之田,勿夺其时,数口之家可以无饥矣;谨庠(xiáng)序之教,申之以孝悌之义,颁白者不负戴于道路矣。七十者衣帛食肉,黎民不饥不寒,然而不王者,未之有也。

"狗彘食人食而不知检,涂有饿莩(piǎo)而不知发;人死,则曰:'非我也,岁也。'是何异于刺人而杀之,曰:'非我也,兵也。'王无罪岁,斯天下之民至焉。"

## 月攘一鸡 《孟子·滕文公下》

戴盈之曰:"什一,去关市之征,今兹未能,请轻之,以待来年,然后已,何如?"

孟子曰："今有人日攘其邻之鸡者，或告之曰：'是非君子之道。'曰：'请损之，月攘一鸡，以待来年，然后已。'——如知其非义，斯速已矣，何待来年？"

## 弈秋诲弈　《孟子·告子上》

弈秋，通国之善弈者也。使弈秋诲二人弈，其一人专心致志，惟弈秋之为听。一人虽听之，一心以为有鸿鹄将至，思援弓缴（zhuó）而射之，虽与之俱学，弗若之矣。为是其智弗若与？曰：非然也。

## 楚人学齐语　《孟子·滕文公下》

孟子谓戴不胜曰："子欲子之王之善与？我明告子。有楚大夫于此，欲其子之齐语也，则使齐人傅诸？使楚人傅诸？"

曰："使齐人傅之。"

曰："一齐人傅之，众楚人咻之，虽日挞（tà）而求其齐也，不可得矣；引而置之庄岳之间数年，虽日挞而求其楚，亦不可得矣。子谓薛居州，善士也，使之居于王所。在于王所者，长幼卑尊皆薛居州也，王谁与为不善？在王所者，长幼卑尊皆非薛居州也，王谁与为善？一薛居州，独如宋王何？"

## 以羊易牛　《孟子·梁惠王上》

齐宣王问曰："齐桓、晋文之事可得闻乎？"

孟子对曰："仲尼之徒无道桓文之事者，是以后世无传焉，臣未之闻也。无以，则王乎？"

曰："德何如则可以王矣？"

曰："保民而王，莫之能御也。"

曰："若寡人者，可以保民乎哉？"

曰："可。"

曰："何由知吾可也？"

曰："臣闻之胡龁（hé）曰，王坐于堂上，有牵牛而过堂下者，王见之，曰：'牛何之？'对曰：'将以衅钟。'王曰：'舍之！吾不忍其觳觫（hú sù），若无罪而就死地。'对曰：'然则废衅钟与？'曰：'何可废也？以羊易之！'——不识有诸？"

曰:"有之。"

曰:"是心足以王矣。百姓皆以王为爱也,臣固知王之不忍也。"

王曰:"然,诚有百姓者。齐国虽褊(biǎn)小,吾何爱一牛?即不忍其觳觫,若无罪而就死地,故以羊易之也。"

曰:"王无异于百姓之以王为爱也。以小易大,彼恶知之?王若隐其无罪而就死地,则牛羊何择焉?"

王笑曰:"是诚何心哉?我非爱其财而易之以羊也。宜乎百姓之谓我爱也。"

曰:"无伤也,是乃仁术也,见牛未见羊也。君子之于禽兽也,见其生,不忍见其死;闻其声,不忍食其肉。是以君子远庖厨也。"

## 井底之蛙 《庄子·秋水》

公子牟隐机大(tài)息,仰天而笑曰:"子独不闻夫坎井之蛙乎?谓东海之鳖曰:'吾乐与!出跳梁乎井干之上,入休乎缺甃(zhòu)之崖;赴水则接腋持颐,蹶(jué)泥则没足灭跗(fū);还视虷(hán)蟹与科斗,莫吾能若也!且夫擅一壑(hè)之水,而跨跱(zhì)坎井之乐,此亦至矣,夫子奚不时来入观乎!'东海之鳖左足未入,而右膝已絷(zhí)矣。于是逡(qūn)巡而却,告之海曰:'夫千里之远,不足以举其大;千仞之高,不足以极其深。禹之时十年九潦(lǎo),而水弗为加益;汤之时八年七旱,而崖不为加损。夫不为顷久推移,不以多少进退者,此亦东海之大乐也。'于是坎井之蛙闻之,适适然惊,规规然自失也。"

## 鲁侯养鸟 《庄子·至乐》

昔者海鸟止于鲁郊,鲁侯御而觞(shāng)之于庙,奏《九韶(sháo)》以为乐,具太牢以为膳。鸟乃眩视忧悲,不敢食一脔(luán),不敢饮一杯,三日而死。此以己养养鸟也,非以鸟养养鸟也。

## 螳臂当车 《庄子·人间世》

颜阖将傅卫灵公太子,而问于蘧(qú)伯玉曰:"有人于此,其德天杀。与之为无方,则危吾国;与之为有方,则危吾身。其知适足以知人之过,而不知其所以过。若然者,吾奈之何?"

蘧伯玉曰:"善哉问乎!戒之,慎之,正汝身也哉!形莫若就,心莫若和。虽然,之二者有患。就不欲入,和不欲出。形就而入,且为颠为灭,为崩为蹶。心和而出,且为声为名，为妖为孽。彼且为婴儿，亦与之为婴儿；彼且为无町畦（tǐng qí），亦与之为无町畦；彼且为无崖，亦与之为无崖。达之，入于无疵。汝不知夫螳螂乎？怒其臂以当车辙，不知其不胜任也，是其才之美者也。戒之，慎之！积伐而美者以犯之，几矣！"

### 《淮南子·人间训》

齐庄公出猎，有一虫举足将搏其轮，问其御曰："此何虫也？"对曰："此所谓螳螂者也。其为虫也，知进而不知却，不量力而轻敌。"庄公曰："此为人，而必为天下勇武矣！"回车而避之。

## 东施效颦 《庄子·天运》

故西施病心而颦其里，其里之丑人见之而美之，归亦捧心而颦其里。其里之富人见之，坚闭门而不出，贫人见之，挈（qiè）妻子而去走。彼知颦美，而不知颦之所以美。

## 涸辙之鲋 《庄子·外物》

庄周家贫，故往贷粟于监河侯。监河侯曰："诺。我将得邑金，将贷子三百金，可乎？"

庄周忿然作色曰："周昨来，有中道而呼者。周顾视车辙中，有鲋鱼焉。周问之曰：'鲋鱼来！子何为者邪？'对曰：'我，东海之波臣也。君岂有斗升之水而活我哉？'周曰：'诺。我且南游吴越之土，激西江之水而迎子，可乎？'鲋鱼忿然作色曰：'吾失我常与，我无所处。吾得斗升之水然活耳，君乃言此，曾不如早索我于枯鱼之肆！'"

## 鲁国少儒 《庄子·田子方》

庄子见鲁哀公。哀公曰："鲁多儒士，少为先生方者。"

庄子曰："鲁少儒。"

哀公曰："举鲁国而儒服，何谓少乎？"

庄子曰："周闻之，儒者冠圜（yuán）冠者，知天时；履句屦（jù）者，知地形；缓佩玦（jué）者，事至而断。君子有其道者，未必为其服也；为其服者，未必知其道也。公固以为不然，何不号于国中曰：'无此道而为此服者，其罪死！'"

于是哀公号之五日，而鲁国无敢儒服者，独有一丈夫儒服而立乎公门。公即召而问以国事，千转万变而不穷。

庄子曰："以鲁国而儒者一人耳，可谓多乎？"

## 丈人承蜩 《庄子·达生》

仲尼适楚，出于林中，见佝偻者承蜩，犹掇（duō）之也。

仲尼曰："子巧乎！有道邪？"

曰："我有道也。五六月累丸二而不坠，则失者锱铢（zī zhū）；累三而不坠，则失者十一；累五而不坠，犹掇之也。吾处身也，若橛（jué）株拘；吾执臂也，若槁木之枝；虽天地之大，万物之多，而唯蜩翼之知。吾不反不侧，不以万物易蜩之翼，何为而不得！"

孔子顾谓弟子曰："用志不分，乃凝于神，其佝偻丈人之谓乎！"

## 唇亡齿寒 《左传·僖公二年》

晋荀息请以屈产之乘与垂棘之璧假道于虞以伐虢。公曰："是吾宝也。"对曰："若得道于虞，犹外府也。"公曰："宫之奇存焉。"对曰："宫之奇之为人也，懦而不能强谏，且少长于君，君昵之，虽谏，将不听。"乃使荀息假道于虞，曰："冀为不道，入自颠軨（líng），伐鄍（míng）三门。冀之既病，则亦唯君故。今虢为不道，保于逆旅，以侵敝邑之南鄙。敢请假道以请罪于虢。"虞公许之，且请先伐虢。宫之奇谏，不听，遂起师。夏，晋里克、荀息帅师会虞师伐虢，灭下阳。先书虞，贿故也。

### 《左传·僖公五年》

晋侯复假道于虞以伐虢。宫之奇谏曰："虢，虞之表也。虢亡，虞必从之。晋不可启，寇不可翫（wán）。一之谓甚，其可再乎？谚所谓'辅车相依，唇亡齿寒'者，其虞、虢之谓也。"公曰："晋，吾宗也，岂害我哉？"对曰："大伯、虞仲，

大王之昭也；大（tài）伯不从，是以不嗣。虢仲、虢叔，王季之穆也；为文王卿士，勋在王室，藏于盟府，将虢是灭，何爱于虞？且虞能亲于桓、庄乎？其爱之也，桓、庄之族何罪？而以为戮，不唯逼乎？亲以宠逼，犹尚害之，况以国乎？"公曰："吾享祀丰洁（jié），神必据我。"对曰："臣闻之，鬼神非人实亲，惟德是依。故《周书》曰：'皇天无亲，惟德是辅。'又曰：'黍稷非馨，明德惟馨。'又曰：'民不易物，惟德繄（yī）物。'如是，则非德，民不和，神不享矣。神所冯（píng）依，将在德矣。若晋取虞，而明德以荐馨香，神其吐之乎？"弗听，许晋使。宫之奇以其族行，曰："虞不腊矣。在此行也，晋不更举矣。"

八月甲午，晋侯围上阳，问于卜偃（yǎn）曰："吾其济乎？"对曰："克之。"公曰："何时？"对曰："童谣曰：'丙之晨，龙尾伏辰，均服振振，取虢之旂（qí）。鹑（chún）之贲（bēn）贲，天策焞（tūn）焞，火中成军，虢公其奔。'其九月、十月之交乎！丙子旦，日在尾，月在策，鹑火中，必是时也。"

冬十二月丙子，朔，晋灭虢，虢公丑奔京师。师还，馆于虞，遂袭虞。灭之，执虞公及其大夫井伯，以媵（yìng）秦穆姬，而修虞祀，且归其职贡于王。

故书曰："晋人执虞公。"罪虞，且言易也。

## 曲高和寡　《对楚王问》

楚襄王问于宋玉曰："先生其有遗行与？何士民众庶不誉之甚也！"

宋玉对曰："唯，然，有之！愿大王宽其罪，使得毕其辞。客有歌于郢（yǐng）中者，其始曰《下里》《巴人》，国中属而和者数千人；其为《阳阿（ē）》《薤（xiè）露》，国中属而和者数百人；其为《阳春》《白雪》，国中有属而和者，不过数十人。引商刻羽，杂以流徵，国中属而和者，不过数人而已。是其曲弥高，其和弥寡。

"故鸟有凤而鱼有鲲。凤凰上击九千里，绝云霓，负苍天，足乱浮云，翱翔乎杳冥之上。夫蕃篱之鷃（yàn），岂能与之料天地之高哉？鲲鱼朝发昆仑之墟，暴鬐（qí）于碣石，暮宿于孟诸。夫尺泽之鲵，岂能与之量江海之大哉？

"故非独鸟有凤而鱼有鲲，士亦有之。夫圣人瑰意琦行，超然独处，世俗之民，又安知臣之所为哉？"

## 滥竽充数　《韩非子·内储说上》

齐宣王使人吹竽，必三百人。南郭处士请为王吹竽，宣王说之，廪（lǐn）食以数百人。宣王死，湣（mǐn）王立。好一一听之，处士逃。

## 买椟还珠 《韩非子·外储说左上》

楚人有卖其珠于郑者,为木兰之柜,薰以桂椒,缀以珠玉,饰以玫瑰,辑以翡翠。郑人买其椟而还其珠。此可谓善卖椟矣,未可谓善鬻(yù)珠也。今世之谈也,皆道辩说文辞之言,人主览其文而忘有用。

## 郑人买履 《韩非子·外储说左上》

郑人有且置履者,先自度其足而置之其坐。至之市而忘操之。已得履,乃曰:"吾忘持度。"反归取之。及反,市罢,遂不得履。人曰:"何不试之以足?"曰:"宁信度,无自信也。"

## 自相矛盾 《韩非子·难势》

人有鬻矛与盾者,誉其盾之坚,曰:"物莫能陷也。"俄而又誉其矛曰:"吾矛之利,物无不陷也。"人应之曰:"以子之矛,陷子之盾,何如?"其人弗能应也。以为不可陷之盾,与无不陷之矛,为名不可两立也。夫贤之为道不可禁,而势之为道也无不禁,以不可禁之贤与无不禁之势,此矛盾之说也。夫贤势之不相容亦明矣。

## 守株待兔 《韩非子·五蠹》

宋人有耕田者。田中有株,兔走触株,折颈而死。因释其耒(lěi)而守株,冀复得兔。兔不可复得,而身为宋国笑。今欲以先王之政,治当世之民,皆守株之类也。

## 心不在马 《韩非子·喻老》

赵襄主学御于王子期,俄而与于期逐,三易马而三后。襄主曰:"子之教我御,术未尽也?"对曰:"术已尽,用之则过也。凡御之所贵,马体安于车,人心调于马,而后可以进速致远。今君后则欲逮臣,先则恐逮于臣。夫诱道争远,非先则后也;而先后心在于臣,上何以调于马?此君之所以后也。"

## 涸泽之蛇 《韩非子·说林上》

泽涸,蛇将徙,有小蛇谓大蛇曰:"子行而我随之,人以为蛇之行者耳,必有杀子者。不如相衔负我以行,人必以我为神君也。"乃相衔负以越公道而行,人皆避之,曰:"神君也。"

## 不识车轭 《韩非子·外储说左上》

郑县人有得车轭者，而不知其名，问人曰："此何种也？"对曰："此车轭也。"俄又复得一，问人曰："此是何种也？"对曰："此车轭也。"问者大怒曰："曩（nǎng）者曰'车轭'，今又曰'车轭'，是何众也？此女欺我也！"遂与之斗。

## 二人相马 《韩非子·说林下》

伯乐教二人相踶（dì）马，相与之简子厩（jiù）观马。一人举踶马，其一人从后而循之，三抚其尻（kāo）而马不踶，此自以为失相。其一人曰："子非失相也，此其为马也，蹏（wō）肩而肿膝。夫踶马也者，举后而任前，肿膝不可任也，故后不举。子巧于相踶马而拙于任肿膝。"夫事有所必归，而以有所。肿膝而不任，智者之所独知也。惠子曰："置猿于柙（xiá）中，则与豚同。"故势不便，非所以逞能也。

## 智子疑邻 《韩非子·说难》

宋有富人，天雨，墙坏。其子曰："不筑，必将有盗。"其邻人之父亦云。暮而果大亡其财。其家甚智其子，而疑邻人之父。此二人说者皆当矣，厚者为戮，薄者见疑，则非知之难也，处之则难也。

## 曾子杀猪 《韩非子·外储说左上》

曾子之妻之市，其子随之而泣。其母曰："女还，顾反为女杀彘。"适市来，曾子欲捕彘杀之。妻止之曰："特与婴儿戏耳。"曾子曰："婴儿非与戏也。婴儿非有知也，待父母而学者也，听父母之教。今子欺之是教子欺也。母欺子，子而不信其母，非所以成教。"遂烹彘也。

## 棘刺母猴 《韩非子·外储说左上》

宋燕王征巧术人，卫人请以棘刺之端为母猴。燕王说之，养之以五乘之奉。王曰："吾试观客为棘刺之母猴。"客曰："人主欲观之，必半岁不入宫，不饮酒食肉，雨霁（jì）日出，视之晏阴之间，而棘刺之母猴乃可见也。"燕王因养卫人，不能观其母猴。郑有台下之冶者谓燕王曰："臣为削者也，诸微物必以削削之，而所削必大于削。今棘刺之端不容削锋，难以治棘刺之端。王试观客之削，能与不能可知也。"王曰："善。"谓卫人曰："客为棘削之？"曰："以削。"王曰："吾欲观见之。"客曰："臣请之舍取之。"因逃。

## 画鬼最易 《韩非子·外储说左上》

客有为齐王画者，齐王问曰："画孰最难者？"曰："犬、马最难。""孰易者？"曰："鬼魅最易。夫犬、马，人所知也，旦暮罄（qìng）于前，不可类之，故难。鬼魅，无形者，不罄于前，故易之也。"

## 狗猛酒酸 《韩诗外传》

人有市酒而甚美者，置表甚长，然至酒酸而不售，问里人其故。里人曰："公之狗甚猛，而人有持器而欲往者，狗辄迎而啮之，是以酒酸不售也。"士欲白万乘之主，用事者迎而啮之，亦国之恶狗也。

## 目不见睫 《韩非子·喻老》

楚庄王欲伐越，庄子谏曰："王之伐越何也？"曰："政乱兵弱。"庄子曰："臣患智之如目也，能见百步之外，而不能自见其睫。王之兵自败于秦晋，丧地数百里，此兵之弱也；庄蹻（qiāo）为盗于境内，而吏不能禁，此政之乱也。王之弱乱非越之下也，而欲伐越，此智之如目也。"王乃止。故知之难，不在见人，在自见。故曰："自见之谓明。"

## 刻舟求剑 《吕氏春秋·慎大览·察今》

楚人有涉江者，其剑自舟中坠于水，遽（jù）契（qiè）其舟曰："是吾剑之所从坠。"舟止，从其所契者入水求之。舟已行矣，而剑不行，求剑若此，不亦惑乎？

## 穿井得一人 《吕氏春秋·慎行论·察传》

宋之丁氏，家无井而出溉汲（gài jí），常一人居外。及其家穿井，告人曰："吾穿井得一人。"有闻而传之者曰："丁氏穿井得一人。"国人道之，闻之于宋君，宋君令人问之于丁氏，丁氏对曰："得一人之使，非得一人于井中也。"求闻之若此，不若无闻也。

## 掩耳盗铃  《吕氏春秋·不苟论·自知》

范氏之亡也，百姓有得钟者，欲负而走，则钟大不可负，以椎毁之，钟况然有音，恐人闻之而夺己也，遽掩其耳。恶人闻之，可也；恶己自闻之，悖矣。

## 疑邻窃斧  《吕氏春秋·有始览·去尤》

人有亡鈇（fū）者，意其邻之子，视其行步窃鈇也，颜色窃鈇也，言语窃鈇也，动作态度无为而不窃鈇也。扣（hú）其谷而得其鈇，他日复见其邻之子，动作态度无似窃鈇者。其邻之子非变也，己则变矣。

## 牛缺遇盗  《吕氏春秋·孝行览·必己》

牛缺居上地，大儒也，下之邯郸，遇盗于耦（ǒu）沙之中。盗求其橐（tuó）中之载则与之，求其车马则与之，求其衣被则与之。牛缺出而去。盗相谓曰："此天下之显人也，今辱之如此，此必愬（sù）我于万乘之主，万乘之主必以国诛我，我必不生，不若相与追而杀之，以灭其迹。"于是相与趋之，行三十里，及而杀之。

## 澄子夺黑衣  《吕氏春秋·审应览·淫辞》

宋有澄子者，亡淄（zī）衣，求之涂。见妇人衣缁衣，援而弗舍，欲取其衣，曰："今者，我亡缁衣。"妇人曰："公虽亡缁衣，此实吾所自为也。"澄子曰："子不如速与我衣。昔吾所亡者，纺缁也。今子之衣，禅（dān）缁也。以禅缁当纺缁，子岂不得哉？"

## 利令智昏  《吕氏春秋·先识览·去宥》

齐人有欲得金者，清旦，被衣冠，往鬻金者之所，见人操金，攫（jué）而夺之。吏搏而束缚之，问曰："人皆在焉，子攫人之金，何故？"对吏曰："殊不见人，徒见金耳。"

## 生木造屋  《吕氏春秋·似顺论·别类》

高阳应将为室家，匠对曰："未可也，木尚生，加涂其上，必将挠。以生为室，今虽善，后将必败。"高阳应曰："缘子之言，则室不败也。木益枯则劲，涂益干则轻，以益劲任益轻则不败。"匠人无辞而对，受令而为之。室之始成也善，其后果败。

## 黎丘丈人 《吕氏春秋·慎行论·疑似》

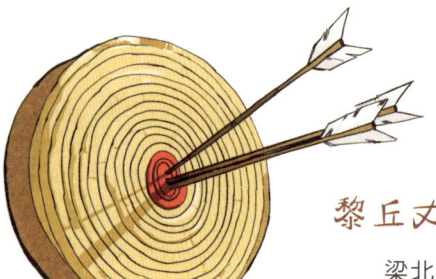

梁北有黎丘部,有奇鬼焉,喜效人之子侄昆弟之状。邑丈人有之市而醉归者,黎丘之鬼效其子之状,扶而道苦之。丈人归,酒醒而诮(qiào)其子,曰:"吾为汝父也,岂谓不慈哉?我醉,汝道苦我,何故?"其子泣而触地曰:"孽矣!无此事也。昔也往责于东邑人,可问也。"其父信之,曰:"嘻!是必夫奇鬼也,我固尝闻之矣!"明日端复饮于市,欲遇而刺杀之。明旦之市而醉,其真子恐其父之不能反也,遂逝迎之。丈人望其真子,拔剑而刺之。丈人智惑于似其子者,而杀其真子。夫惑于似士者,而失于真士,此黎丘丈人之智也。疑似之迹,不可不察,察之必于其人也。

## 表水涉澭 《吕氏春秋·慎大览·察今》

荆人欲袭宋,使人先表澭水。澭水暴益,荆人弗知,循表而夜涉,溺死者千有余人,军惊而坏都舍。向其先表之时可导也,今水已变而益多矣,荆人尚犹循表而导之,此其所以败也。今世之主法先王之法也,有似于此。其时已与先王之法亏矣,而曰此先王之法也,而法之,以此为治,岂不悲哉?

## 次非斩蛟 《吕氏春秋·恃君览·知分》

荆有次非者,得宝剑于干遂。还反涉江,至于中流,有两蛟夹绕其船。次非谓舟人曰:"子尝见两蛟绕船能活者乎?"船人曰:"未之见也。"次非攘臂祛衣,拔宝剑曰:"此江中之腐肉朽骨也!弃剑以全己,余奚爱焉!"于是赴江刺蛟,杀之而复上船。舟中之人皆得活。荆王闻之,仕之执圭。孔子闻之曰:"夫善哉!不以腐肉朽骨而弃剑者,其次非之谓乎!"

## 宣王好射 《吕氏春秋·贵直论·壅塞》

齐宣王好射,说人之谓己能用强弓也。其尝所用不过三石。以示左右,左右皆试引之,中关而止,皆曰:"此不下九石,非王其孰能用是!"宣王之情,所用不过三石,而终身自以为用九石,岂不悲哉!

## 狐假虎威 《战国策·楚策一》

　　虎求百兽而食之,得狐。狐曰:"子无敢食我也。天帝使我长百兽,今子食我,是逆天帝命也。子以我为不信,吾为子先行,子随我后,观百兽之见我而敢不走乎?"虎以为然,故遂与之行。兽见之皆走。虎不知兽畏己而走也,以为畏狐也。

## 惊弓之鸟 《战国策·楚策四》

　　天下合从(zòng),赵使魏加见楚春申君曰:"君有将乎?"春申君曰:"有矣,仆欲将临武君。"魏加曰:"臣少之时好射,臣愿以射譬(pì)之可乎?"春申君曰:"可。"加曰:"异日者,更羸与魏王处京台之下,仰见飞鸟。更羸谓魏王曰:'臣为王引弓虚发而下鸟。'魏王曰:'然则射可至此乎?'更羸曰:'可。'有间,雁从东方来,更羸以虚发而下之。魏王曰:'然则射可至此乎?'更羸曰:'此孽也。'王曰:'先生何以知之?'对曰:'其飞徐而鸣悲。飞徐者,故疮痛也;鸣悲者,久失群也,故疮未息而惊心未去也。闻弦音,引而高飞,故疮陨也。'今临武君尝为秦孽,不可为拒秦之将也!"

## 南辕北辙 《战国策·魏策四》

　　魏王欲攻邯郸,季梁闻之,中道而反,衣焦不申,头尘不去,往见王曰:"今者臣来,见人于大行,方北面而持其驾,告臣曰:'我欲之楚。'臣曰:'君之楚,将奚为北面?'曰:'吾马良。'臣曰:'马虽良,此非楚之路也。'曰:'吾用多。'臣曰:'用虽多,此非楚之路也。'曰:'吾御者善。'此数者愈善,而离楚愈远耳!今王动欲称霸王,举欲信于天下;恃王国之大,兵之精锐,而攻邯郸,以广地尊名。王之动愈数,而离王愈远耳。犹至楚而北行也。"

## 鹬蚌相争 《战国策·燕策二》

　　赵且伐燕,苏代为燕谓惠王曰:"今者臣来过易水,蚌方出曝,而鹬啄其肉,蚌合而钳其喙(huì)。鹬曰:'今日不雨,明日不雨,即有死蚌。'蚌亦谓鹬曰:'今日不出,明日不出,即有死鹬。'两者不肯相舍,渔者得而并禽之。今赵且伐燕,燕赵久相支,以弊大众,臣恐强秦之为渔父也。故愿王之熟计之也!"惠王曰:"善。"乃止。

187

## 画蛇添足 《战国策·齐策二》

楚有祠者，赐其舍人卮酒，舍人相谓曰："数人饮之不足，一人饮之有余。请画地为蛇，先成者饮酒。"一人蛇先成，引酒且饮之，乃左手持卮，右手画蛇曰："吾能为之足。"未成，一人之蛇成，夺其卮曰："蛇固无足，子安能为之足？"遂饮其酒。为蛇足者，终亡此酒。

## 千金市骨 《战国策·燕策一》

古之君人，有以千金求千里马者，三年不能得。涓人言于君曰："请求之。"君遣之。三月得千里马，马已死，买其首五百金，反以报君。君大怒曰："所求者生马，安事死马，而捐五百金？"涓人对曰："死马且买之五百金，况生马乎？天下必以王为能市马，马今至矣。"于是不能期年，千里之马至者三。

## 杞人忧天 《列子·天瑞》

杞国有人忧天地崩坠，身亡（wú）所寄，废寝食者；又有忧彼之所忧者，因往晓之，曰："天，积气耳，亡处亡气。若屈伸呼吸，终日在天中行止，奈何忧崩坠乎？"其人曰："天果积气，日月星宿，不当坠耶？"晓之者曰："日月星宿，亦积气中之有光耀者；只使坠，亦不能有所中伤。"其人曰："奈地坏何？"晓者曰："地，积块耳，充塞四虚，亡处亡块。若躇（chú）步跐（cǐ）蹈，终日在地上行止，奈何忧其坏？"其人舍然大喜，晓之者亦舍然大喜。

## 朝三暮四 《庄子·齐物论》

狙（jū）公赋芧（xù）曰："朝三而暮四。"众狙皆怒。曰："然则朝四而暮三。"众狙皆悦。名实未亏而喜怒为用，亦因是也。

## 关尹子教射 《列子·说符》

列子学射中矣，请于关尹子。尹子曰："子知子之所以中者乎？"对曰："弗知也。"关尹子曰："未可。"退而习之。三年，又以报关尹子。尹子曰："子知子之所以中乎？"列子曰："知之矣。"关尹子曰："可矣；守而勿失也。非独射也，为国与身亦皆如之。故圣人不察存亡而察其所以然。"

## 歧路亡羊 《列子·说符》

杨子之邻人亡羊，既率其党，又请杨子之竖追之。杨子曰："嘻！亡一羊何追者之众？"邻人曰："多歧路。"既反，问："获羊乎？"曰："亡之矣。"曰："奚亡之？"曰："歧路之中又有歧焉，吾不知所之，所以反也。"杨子戚然变容，不言者移时，不笑者竟日。门人怪之，请曰："羊，贱畜；又非夫子之有，而损言笑者，何哉？"杨子不答。门人不获所命。弟子孟孙阳出以告心都子。心都子他日与孟孙阳偕入，而问曰："昔有昆弟三人，游齐鲁之间，同师而学，进仁义之道而归。其父曰：'仁义之道若何？'伯曰：'仁义使我爱身而后名。'仲曰：'仁义使我杀身以成名。'叔曰：'仁义使我身名并全。'彼三术相反，而同出于儒。孰是孰非邪？"杨子曰："人有滨河而居者，习于水，勇于泅，操舟鬻渡，利供百口。裹粮就学者成徒，而溺死者几半。本学泅，不学溺，而利害如此。若以为孰是孰非？"心都子嘿（mò）然而出。孟孙阳让之曰："何吾子问之迂，夫子答之僻？吾惑愈甚。"心都子曰："大道以多歧亡羊，学者以多方丧生。学非本不同，非本不一，而末异若是。唯归同反一，为亡得丧。子长先生之门，习先生之道，而不达先生之况也，哀哉！"

## 薛谭学讴 《列子·汤问》

薛谭学讴于秦青，未穷青之技，自谓尽之；遂辞归。秦青弗止；饯于郊衢（qú），抚节悲歌，声振林木，响遏行云。薛谭乃谢求反，终身不敢言归。

## 塞翁失马 《淮南子·人间训》

近塞上之人有善术者，马无故亡而入胡，人皆吊之。其父曰："此何遽不为福乎！"居数月，其马将胡骏马而归，人皆贺之。其父曰："此何遽不能为祸乎！"家富良马，其子好骑，堕而折其髀（bì），人皆吊之。其父曰："此何遽不为福乎！"居一年，胡人大入塞，丁壮者引弦而战，近塞之人，死者十九，此独以跛之故，父子相保。故福之为祸，祸之为福，化不可极，深不可测也。

## 叶公好龙 《新序·杂事第五》

叶公子高好龙，钩以写龙，凿以写龙，屋室雕文以写龙，于是夫龙闻而下之，窥头于牖（yǒu），拖尾于堂，叶公见之，弃而还走，失其魂魄，五色无主，是叶公非好龙也，好夫似龙而非龙者也。

## 曲突徙薪 《汉书·霍光金日䃅（mì dī）传》

客有过主人者，见其灶直突，傍有积薪，客谓主人，更为曲突，远徙其薪，不者且有火患。主人嘿然不应。俄而家果失火，邻里共救之，幸而得息。于是杀牛置酒，谢其邻人，灼烂者在于上行，余各以功次坐，而不录言曲突者。人谓主人曰："乡使听客之言，不费牛酒，终亡第火患。今论功而请宾，曲突徙薪亡恩泽，焦头烂额为上客耶？"主人乃寤（wù）而请之。

## 抱薪救火 《史记·魏世家》

安釐（xī）王元年，秦拔我两城。二年，又拔我二城，军大梁下，韩来救，予秦温以和。三年，秦拔我四城，斩首四万。四年，秦破我及韩、赵，杀十五万人，走我将芒卯（mǎo）。魏将段干子请予秦南阳以和。苏代谓魏王曰："欲玺（xǐ）者段干子也，欲地者秦也。今王使欲地者制玺，使欲玺者制地，魏氏地不尽则不知已。且夫以地事秦，譬犹抱薪救火，薪不尽，火不灭。"王曰："是则然也。虽然，事始已行，不可更矣。"对曰："王独不见夫博之所以贵枭者，便则食，不便则止矣。今王曰'事始已行，不可更'，是何王之用智不如用枭也？"

## 按图索骥 《艺林伐山》

伯乐《相马经》有"隆颡（sǎng）蛈（tiě）日，蹄如累曲"之语。其子执《马经》以求马。出见大蟾蜍，谓其父曰："得一马，略与相同；但蹄不如累曲尔。"

伯乐知其子之愚，但转怒为笑曰："此马好跳，不堪御也。"

所谓"按图索骥"也。

## 优孟谏葬马 《史记·滑稽列传》

优孟，故楚之乐人也。长八尺，多辩，常以谈笑讽谏。

楚庄王之时，有所爱马，衣以文绣，置之华屋之下，席以露床，啖（dàn）以枣脯。马病肥死，使群臣丧之，欲以棺椁（guǒ）大夫礼葬之。左右争之，以为不可。王下令曰："有敢以马谏者，罪至死。"优孟闻之，入殿门，仰天大哭。王惊而问其故。优孟曰："马者王之所爱也，以楚国堂堂之大，何求不得，而以大夫礼葬之，薄，请以人君礼葬之。"王曰："何如？"对曰："臣请以雕玉为棺，文梓为椁，楩（pián）枫豫章为题凑，发甲卒为穿圹（kuàng），老弱负土，齐赵陪位于前，韩魏翼卫其后，庙食太牢，奉以万户之邑。诸侯闻之，皆知大王贱人而贵马也。"王曰："寡人之过一至此乎！为之奈何？"优孟曰："请为大王六畜葬之。以垄（lǒng）灶为椁，铜历为棺，赍（jī）以姜枣，荐以木兰，祭以粮稻，衣以火光，葬之于人腹肠。"于是王乃使以马属太官，无令天下久闻也。

## 一叶障目  《笑林》

楚人居贫，读《淮南方》得"螳螂伺蝉自障叶，可以隐形"，遂于树下仰取叶。螳螂执叶伺蝉，以摘之，叶落树下；树下先有落叶，不能复分别，扫取数斗归。一一以叶自障，问其妻曰："汝见我不？"

妻始时恒答言："见。"经日乃厌倦不堪，绐（dài）云："不见。"嘿然大喜，赍叶入市，对面取人物，吏遂缚诣县。县官受辞，自说本末。官大笑，放而不治。

## 鲁人执竿  《笑林》

鲁有执长竿入城门者，初竖执之，不可入；横执之，亦不可入，计无所出。

俄有老父至，曰："吾非圣人，但见事多矣。何不以锯中截而入？"遂依而截之。

## 日近长安远  《世说新语·夙惠第十二》

晋明帝数岁，坐元帝膝上。有人从长安来，元帝问洛下消息，潸（shān）然流涕。明帝问何以致泣？具以东渡意告之。因问明帝："汝意谓长安何如日远？"答曰："日远。不闻人从日边来，居然可知。"元帝异之。明日集群臣宴会，告以此意，更重问之。乃答曰："日近。"元帝失色，曰："尔何故异昨日之言邪？"答曰："举目见日，不见长安。"

## 道旁苦李 《世说新语·雅量第六》

王戎七岁，尝与诸小儿游。看道边李树多子折枝。诸儿竞走取之，唯戎不动。人问之，答曰："树在道边而多子，此必苦李。"取之，信然。

## 对牛弹琴 《理惑论》

公明仪为牛弹清角之操，伏食如故。非牛不闻，不合其耳矣。转为蚊虻（méng）之声，孤犊之鸣，即掉尾奋耳，蹀躞（dié xiè）而听。

## 折箭 《魏书·吐谷(yù)浑传》

阿豺有子二十人，纬代，长子也。阿豺又谓曰："汝等各奉吾一只箭，折之地下。"俄而命母弟慕利延曰："汝取一只箭折之。"慕利延折之。又曰："汝取十九支箭折之。"延不能折。阿豺曰："汝曹知否？单者易折，众则难摧，勠（lù）力一心，然后社稷可固。"言终而死。

## 临江之麋 《柳宗元集·临江之麋》

临江之人，畋（tián）得麋麑（mí ní），畜（xù）之。入门，群犬垂涎，扬尾皆来。其人怒，怛（dá）之。自是日抱就犬，习示之，使勿动，稍使与之戏。积久，犬皆如人意。麋麑稍大，忘己之麋也，以为犬良我友，抵触偃仆，益狎（xiá）。犬畏主人，与之俯仰甚善，然时啖其舌。三年，麋出门，见外犬在道甚众，走欲与为戏。外犬见而喜且怒，共杀食之，狼藉道上。麋至死不悟。

## 黔之驴 《柳宗元集·黔之驴》

黔无驴，有好事者船载以入。至则无可用，放之山下。虎见之，庞然大物也，以为神。蔽林间窥之，稍出近之，慭慭（yìn yìn）然莫相知。他日，驴一鸣，虎大骇，远遁，以为且噬己也，甚恐。然往来视之，觉无异能者。益习其声，又近出前后，终不敢搏。稍近，益狎，荡倚冲冒，驴不胜怒，蹄之。虎因喜，计之曰："技止此耳！"因跳踉（liáng）大㘎（hǎn），断其喉，尽其肉，乃去。噫！形之庞也类有德，声之宏也类有能。向不出其技，虎虽猛，疑畏，卒不敢取。今若是焉，悲夫！

## 大鳌与蚂蚁 《太平御览·虫豸部四》

东海有鳌（áo）焉，冠蓬莱而浮游于沧海。腾跃而上，则干云之峰类迈于群岳；沉没而下，则隐天之丘潜峙于重川。有蚳（chí）蚁闻而悦之，与群蚁相要乎海畔，欲观鳌焉。月余日，鳌潜未出，群蚁将反。遇长风激浪，崇涛万仞，海水沸地，雷震。群蚁曰："此将鳌之作也。"

数日，风止雷默，海中隐如岳。群蚁曰："彼之冠山，何异我之戴粒，逍遥封壤之巅，伏乎窟穴也。"

## 与虎谋皮 《太平御览·职官部六》

鲁侯欲以孔子为司徒，将召三桓而议之，乃谓左丘明曰："寡人欲以孔丘为司徒，而授以鲁政焉。寡人将欲询诸三子。"左丘明曰："孔丘，圣人与！夫圣人在政，过者离位焉。君虽欲谋，其罪弗合乎？"鲁侯曰："吾子奚以知之？"丘明曰："周人有爱裘（qiú）而好珍羞，欲为千金之裘而与狐谋其皮，欲具少牢之珍而与羊谋其羞。言未卒，狐相率逃于重丘之下，羊相呼藏于深林之中，故周人十年不制一裘，五年不具一牢。何者？周人之谋失之矣。今君欲以孔丘为司徒，召三桓而议之，亦与狐谋裘与羊谋羞哉！"于是，鲁侯遂不与桓谋，而召孔丘为司徒。

## 郑人逃暑 《太平御览·人事部一百四十》

郑人有逃暑于孤林之下者，日流影移而徙衽（rèn）以从阴。及至暮，反席于树下，及月流影移，复徙衽以从阴，而患露之濡（rú）于身，其阴逾去而其身愈湿。是巧于用昼而拙于用夕，奚不处曤而辞阴，反林息露？此亦愚之至也。

## 公输刻凤 《刘子·知人》

公输之刻凤也，冠距未成，翠羽未树，人见其身者，谓之龙鸱（chī）；见其首者，名曰鶂鶅（wū zé）。皆訾（zǐ）其丑而笑其拙。及凤之成，翠冠云耸，朱距电摇，锦身霞散，绮翮（hé）焱发。翙（huì）然一翥（zhù），翻翔云栋，三日而不集，然后赞其奇而称其巧。

## 恃胜失备 《梦溪笔谈·权智》

又有人曾遇强寇斗,矛刃方接,寇先含水满口,忽噀(xùn)其面。其人愕然,刃已揕(zhèn)胸。后有一壮士复与寇遇,已先知噀水之事。寇复用之,水才出口,矛已洞颈。盖已陈刍(chú)狗,其机已泄。恃胜失备,反受其害。

## 富人之子 《艾子杂说》

齐有富人,家累千金。其二子甚愚,其父又不教之。一日,艾子谓其父曰:"君之子虽美,而不通世务,他日曷(hé)能克其家?"父怒曰:"吾之子敏而且恃多能,岂有不通世务者耶?"艾子曰:"不须试之他,但问君之子所食者米从何来。若知之,吾当妄言之罪。"父遂呼其子问之。其子嘻然笑曰:"吾岂不知此也?每以布囊取来。"其父愀(qiǎo)然而改容曰:"子之愚甚也!彼米不是田中来?"艾子曰:"非其父不生其子。"

## 营丘士折难 《艾子杂说》

营丘士性不通慧,每多事,好折难而不中理。一日,造艾子问曰:"凡大车之下与橐驼之项多缀铃铎(duó),其故何也?"艾子曰:"车驼之为物甚大,且多夜行,忽狭路相逢,则难于回避,以借鸣声相闻,使预得回避尔。"营丘士曰:"佛塔之上亦设铃铎,岂谓塔亦夜行而使相避耶?"艾子曰:"君不通事理乃至如此!凡鸟鹊多托高以巢,粪秽狼藉。故塔之有铃,所以警鸟鹊也,岂以车驼比耶?"营丘士曰:"鹰鹞之尾亦设小铃,安有鸟鹊巢于鹰鹞之尾乎?"艾子大笑曰:"怪哉,君之不通也!夫鹰隼击物,或入林中,而绊足绦线偶为木枝所绾(wǎn),则振羽之际,铃声可寻而索也。岂谓防鸟鹊之巢乎?"营丘之士曰:"吾尝见挽郎秉铎而歌,虽不究其理,今乃知恐为木枝所绾而便于寻索也。抑不知绾郎之足者,用皮乎?用线乎?"艾子愠而答曰:"挽郎乃死者之导也,为死人生前好诘难,故鼓铎以乐其尸耳!"

## 盲人识日 《经进东坡文集事略·日喻》

生而眇(miǎo)者不识日,问之有目者。或告之曰:"日之状如铜盘。"扣盘而得其声。他日闻钟,以为日也。或告之曰:"日之光如烛。"扪(mén)烛而得其形。他日揣籥(yuè),以为日也。日之与钟、籥亦远矣,而眇者不知其异,以其未尝见而求之人也。道之难见也甚于日,而人之未达也,无以异于眇。达者告之,虽有巧譬善导，亦无以过于盘与烛也。自盘而至钟，自烛而至龠，转而相之，岂有既乎！

## 囫囵吞枣  《湛渊静语》

客有曰："梨益齿而损脾，枣益脾而损齿。"一呆弟子思久之，曰："我食梨则嚼而不咽，不能伤我之脾；我食枣则吞而不嚼，不能伤我之齿。"狎者曰："你真是囫囵吞却个枣也。"遂绝倒。

## 金钩桂饵  《太平御览·资产部十四》

鲁人有好钓者，以桂为饵，黄金之钩，错以银碧，垂翡翠之纶，其持竿处位即是，然其得鱼不几矣。故曰："钓之务，不在芳饰；事之急，不在辩言。"

## 越人溺鼠  《燕书》

鼠好夜窃粟。越人置粟于盎，恣（zì）鼠啮不顾。鼠且呼群类入焉，必饫（yù）而后反。越人乃易粟以水，浮糠覈（hé）水上，而鼠不知也。逮夜，复呼群次第入，咸溺死。

## 迂儒救火  《燕书》

赵成阳堪，其宫火，欲灭之，无阶可升，使其子朒（nǜ）假于奔水氏。朒盛冠服委蛇（wēi yí）而往。既见奔水氏，三揖而后升堂，默坐西楹间。奔水氏命偾者设筵，荐脯醢（hǎi），觞朒。朒起，执爵啐酒，且酢（zuò）主人。觞已，奔水氏曰："夫子辱临敝庐，必有命我者。敢问？"朒方白曰："天降祸于我家，郁攸是崇，虐焰方炽，欲缘高沃之，肘弗加翼，徒望宫而号。闻子有阶可登，盍乞我？"奔水氏顿足曰："子何其迂也！子何其迂也！饭山逢彪，必吐哺而逃。濯（zhuó）溪见鳄，必弃履而走。宫火已焰，乃子揖让时耶！"急舁（yú）阶从之，至则宫已烬矣。

君子曰："迂儒偾（fèn）事，往往类此，是何可胜道！人以经济自负，临事之际，或不知急缓，以至覆亡，亦何其谬哉！"

## 东郭先生和狼  《中山狼传（节选）》

赵简子大猎于中山，虞人导前，鹰犬罗后。捷禽鸷（zhì）兽应弦而倒者不可胜数。

有狼当道，人立而啼。简子唾手登车，援乌号之弓，挟肃慎之矢，一发饮羽，狼失声而逋（bū）。简子怒，驱车逐之，惊尘蔽天，足音鸣雷，十里之外，不辨人马。

时墨者东郭先生将北适中山以干仕，策蹇（jiǎn）驴，囊图书，夙行失道，望尘惊悸。狼奄（yǎn）至，引首顾曰："先生岂有志于济物哉？昔毛宝放龟而得渡，随侯救蛇而获珠，龟蛇固弗灵于狼也。今日之事，何不使我得早处囊中，以苟延残喘乎？异时倘得脱颖而出，先生之恩，生死而肉骨也。敢不努力以效龟蛇之诚！"

先生曰："嘻！私汝狼以犯世卿，忤权贵，祸且不测，敢望报乎？然墨之道，'兼爱'为本，吾终当有以活汝，脱有祸，固所不辞也。"乃出图书，空囊橐，徐徐焉实狼其中，前虞跋胡，后恐疐（zhì）尾，三纳之而未克。徘徊容与，追者益近。狼请曰："事急矣！先生果将揖逊救焚溺，而鸣銮避寇盗耶？惟先生速图！"乃局蹐（jú jí）四足，引绳于束缚之下，首至尾曲脊掩胡，猬缩蠖（huò）屈，蛇盘龟息，以听命先生。先生如其指，内狼于囊，遂括囊口，肩举驴上，引避道左以待赵人之过。

已而简子至，求狼弗得，盛怒，拔剑斩辕端示先生，骂曰："敢讳狼方向者，有如此辕！"先生伏踬（zhì）就地，匍匐以进，跽（jì）而言曰："鄙人不慧，将有志于世，奔走遐方，自迷正途，又安能发狼踪，以指示夫子之鹰犬也？然尝闻之，大道以多歧亡羊。夫羊，一童子可制之。如是其驯也，尚以多岐而亡，狼非羊比，而中山之岐，可以亡羊者何限？乃区区循大道以求之，不几于守株缘木乎？况田猎，虞人之所事也，君请问诸皮冠，行道之人何罪哉？且鄙人虽愚，独不知夫狼乎？性贪而狼，党豺为虐，君能除之，固当窥左足以效微劳，又肯讳之而不言哉？"简子默然，回车就道，先生亦驱驴，兼程而进。

良久，羽旄（máo）之影渐没，车马之音不闻。狼度简子之去已远，而作声囊中曰："先生可留意矣。出我囊，解我缚，拔矢我臂，我将逝矣。"先生举手出狼，狼咆哮谓先生曰："适为虞人逐，其来甚远，幸先生生我。我馁（něi）甚，馁不得食，亦终必亡而已。与其饥死道路，为群兽食，毋宁毙于虞人，以俎（zǔ）豆于贵家。先生既墨者，摩顶放踵（zhǒng），思一利天下，又何吝一躯啖我，而全微命乎？"遂鼓吻奋爪，以向先生。

先生仓卒以手搏之，且搏且却，引蔽驴后，便旋而走。狼终不得有加于先生，先生亦极力拒，彼此俱倦，隔驴喘息。先生曰："狼负我，狼负我！"狼曰："吾非固欲负汝，天生汝辈，固需吾辈食也。"

遥望老子杖藜（lí）而来，须眉皓然，衣冠闲雅，盖有道者也。先生且喜且愕，舍狼而前，拜跪啼泣，致辞曰："乞丈人一言而生。"丈人问故，先生曰："是狼为虞人所窘，求救于我，我实生之。今反欲咥（dié）我。"狼曰："丈人知其一，未知其二,请愬之,愿丈人垂听!初先生救我时,束缚我足,闭我囊中,压以诗书,我鞠躬不敢息,又蔓辞以说简子,其意盖将死我于囊,而独窃其利也。是安可不咥?"丈人顾先生曰:"果如是,是羿亦有罪焉。"先生不平,具状其囊狼怜惜之意。狼亦巧辩不已以求胜。丈人曰:"是皆不足以执信也。试再囊之,我观其状,果困苦否。"狼欣然从之,信足先生。先生复缚置囊中,肩举驴上,而狼未之知也。丈人附耳谓先生曰:"有匕首否?"先生曰:"有。"于是出匕。丈人目先生,使引匕刺狼。先生曰:"不害狼乎?"丈人笑曰:"禽兽负恩如是,而犹不忍杀,子固仁者,然愚亦甚矣。从井以救人,解衣以活友,于彼计则得,其如就死地何!先生其此类乎?仁陷于愚,固君子之所不与也。"言已大笑,先生亦笑,遂举手助先生操刃,共殪(yì)狼,弃道上而去。

## 古琴价高 《郁离子·千里马第一》

工之侨得良桐焉,斫(zhuó)而为琴,弦而鼓之,金声而玉应,自以为天下之美也,献之太常。使国工视之,曰:"弗古。"还之。工之侨以归,谋诸漆工,作断纹焉;又谋诸篆(zhuàn)工,作古款焉;匣而埋诸土,期年出之,抱以适市。贵人过而见之,易之以百金。献诸朝,乐官传视,皆曰:"希世之珍也!"工之侨闻之叹曰:"悲哉世也!岂独一琴哉,莫不然矣。而不早图之,其与亡矣!"遂去,入于宕冥之山,不知其所终。

## 象虎 《郁离子·鲁般第二》

楚人有患狐者,多方以捕之,弗获。或教之曰:"虎,山兽之雄也,天下之兽见之,咸詟(zhé)而亡其神,伏而俟(sì)命。"乃使作象虎,取虎皮蒙之,出于牖下,狐入遇焉,啼而踣(bó)。他日豕(shǐ)暴于其田,乃使伏象虎,而使其子以戈掎(jǐ)诸衢。田者呼,豕逸于莽,遇象虎而反奔衢,获焉。楚人大喜,以象虎为可以皆服天下之兽矣。于是野有如马,被象虎以趋之。人或止之曰:"是驳也,真虎且不能当,往且败。"弗听。马雷呴(hǒu)而前,攫而噬之,颅磔(zhé)而死。

## 常羊学射 《郁离子·省敌第九》

常羊学射于屠龙子朱,屠龙子朱曰:"若欲闻射道乎?楚王田于云梦,使虞人起禽而射之。禽发,鹿出于王左,麋交于王右,王引弓欲射,有鹄拂王旃(zhān)而过,翼若垂云,王注矢于弓,不知其所射。养叔进曰:'臣之射也,置一叶于百步之外而射之,十发而十中;如使置十叶焉,则中不中非臣所能必矣!'"

## 荆人畏鬼 《郁离子·麋虎第十六》

荆人有畏鬼者,闻槁叶之落与蛇鼠之行,莫不以为鬼也。盗知之,于是宵窥其垣(yuán)作鬼音,惴弗敢睨(nì)也。若是者四五,然后入其室,空其藏焉。或侜(zhōu)之曰:"鬼实取之也。"中心惑而阴然之。无何,其宅果有鬼。由是物出于盗所,终以为鬼窃而与之,弗信其人盗也。

## 越人造车 《逊志斋集·越车》

越无车,有游者得车于晋楚之郊,辐朽而轮败,輗(ní)折而辕毁,无所可用。然以其乡之未尝有也,舟载以归而夸诸人。观者闻其夸而信之,以为车固若是,效而为之者相属。他日,晋楚之人见而笑其拙。越人以为绐己,不顾。及寇兵侵其境,越率敝车御之。车坏大败。终不知其车也。

## 疑人窃履 《贤奕编·警喻第十四》

昔楚人有宿于其友之家者,其仆窃友人之履以归,楚人不知也。适使其仆市履于肆,仆私其直而以窃履进,楚人不知也。他日,友人见其履在楚人足,而心骇曰:"吾固疑之,果然窃吾履。"遂与之绝。逾年而事暴,友人踵楚人之门悔谢曰:"请为友如初。"

## 猩猩嗜酒 《贤奕编·警喻第十四》

猩猩,兽之好酒者也。大麓(lù)之人设以醴(lǐ)尊,陈之饮器,小大具列焉。织草为履,勾连相属也,而置之道旁。猩猩见,则知其诱之也,又知设者之姓名与其父母祖先,一一数而骂之。已而谓其朋曰:"盍少尝之?慎毋多饮矣！"相与取小器饮，骂而去之。已而取差大者饮，又骂而去之。如是者数四，不胜其唇吻之甘也，遂大爵而忘其醉。醉则群睨嬉笑，取草履着之。麓人追之，相蹈藉而就絷（zhí），无一得免焉。其后来者亦然。夫猩猩智矣，恶其为诱也，而卒不免于死，贪为之也。

## 争雁 《应谐录》

昔人有睹雁翔者，将援弓射之，曰："获则烹。"其弟争曰："舒雁烹宜，翔雁燔（fán）宜。"竞斗而讼于社伯。社伯请剖雁，烹、燔半焉。已而索雁，则凌空远矣。

## 万字 《应谐录》

汝有田舍翁，家赀殷盛，而累世不识之乎。一岁，聘楚士训其子。楚士始训之搦（nuò）管临朱。书一画，训曰："'一'字。"书二画，训曰："'二'字。"书三画，训曰："'三'字。"其子辄欣欣然投笔，归告其父曰："儿得矣，儿得矣！可无烦先生重费馆谷也，请谢去。"其父喜从之，具币谢遣楚士。

逾时，其父拟征召姻友万氏姓者饮，令子晨起治状。久之不成，父趣之。其子恚（huì）曰："天下姓字伙（huǒ）矣，奈何姓万？自晨起至今，才完五百画也。"

## 鸲鹆学舌 《叔苴（jū）子》

鸲鹆（qú yù）之鸟出于南方，南人罗而调其舌，久之，能效人言；但能效数声而止，终日所唱，惟数声也。蝉鸣于庭，鸟闻而笑之。蝉谓之曰："子能人言，甚善；然子所言者，未尝言也，曷若我自鸣其意哉！"鸟俯首而惭，终身不复效人言。

## 医驼背 《雪涛小说·催科》

昔有医人，自媒能治驼背，曰："如弓者，如虾者，如曲环者，延吾治，可朝治而夕如矢。"一人信焉，而使治驼。乃索板二片，以一置地下，卧驼者其上，又以一压焉，而即屣（xǐ）焉。驼者随直，亦复随死。其子欲鸣诸官，医人曰："我业治驼，但管人直，哪管人死？"

### 蜀鄙之僧 《白鹤堂文集·为学一首示子侄》

天下事有难易乎？为之，则难者亦易矣；不为，则易者亦难矣。人之为学有难易乎？学之，则难者亦易矣；不学，则易者亦难矣。

吾资之昏，不逮人也，吾材之庸，不逮人也；旦旦而学之，久而不怠焉，迄乎成，而亦不知其昏与庸也。吾资之聪，倍人也，吾材之敏，倍人也；屏弃而不用，其与昏与庸无以异也。圣人之道，卒于鲁也传之。然则昏庸聪敏之用，岂有常哉？

蜀之鄙有二僧：其一贫，其一富。贫者语于富者曰："吾欲之南海，何如？"富者曰："子何恃而往？"曰："吾一瓶一钵足矣。"富者曰："吾数年来欲买舟而下，犹未能也，子何恃而往！"越明年，贫者自南海还，以告富者，富者有惭色。

西蜀之去南海，不知几千里也。僧富者不能至而贫者至焉。人之立志，顾不如蜀鄙之僧哉！是故聪与敏，可恃而不可恃也；自恃其聪与敏而不学者，自败者也。昏与庸，可限而不可限也；不自限其昏与庸，而力学不倦者，自力者也。

### 大鼠 《聊斋志异·大鼠》

万历间，宫中有鼠，大与猫等，为害甚剧。遍求民间佳猫捕制之，辄被啖食。

适异国来贡狮猫，毛白如雪。抱投鼠屋，阖其扉，潜窥之。猫蹲良久，鼠逡巡自穴中出，见猫，怒奔之。猫避登几上，鼠亦登，猫则跃下。如此往复，不啻（chì）百次。众咸谓猫怯，以为是无能为者。既而鼠跳掷渐迟，硕腹似喘，蹲地上少休。猫即疾下，爪掬顶毛，口龁首领，辗转争持，猫声呜呜，鼠声啾啾。启扉急视，则鼠首已嚼碎矣。然后知猫之避，非怯也，待其惰也。彼出则归，彼归则复，用此智耳。噫！匹夫按剑，何异鼠乎！

特约编辑 | 吴佳雨
项目统筹 | 王辰林
装帧设计 | 陈晓洁
插图作者 | 邢文博　陈斌　徐睿